시인,

목
소
리

시인, 목소리

초판 1쇄 인쇄 2017년 7월 20일
초판 1쇄 발행 2017년 7월 25일

지은이 김소형 박소란 백은선 유진목 이은규 이혜미

펴낸이 윤동희

편집 윤동희, '편집자 되기' 4기(김은수 신보경 유지인 윤진희 전은재 전덕윤)
디자인 위앤드
사진 김은수 손문상 신보경 전은재 황정연
제작처 영신사(인쇄), 신안제책(PUR 제본), 한승지류유통(종이)

펴낸곳 (주)북노마드
출판등록 2011년 12월 28일 제406-2011-000152호

주소 08012 서울특별시 양천구 목동서로 280 1층 102호
전화 02-322-2905
팩스 02-326-2905

전자우편 booknomad@naver.com
페이스북 /booknomad
인스타그램 @booknomadbooks
트위터 @booknomadbooks

ISBN 979-11-86561-44-7 03810

- 이 도서의 국립중앙도서관 출판예정도서목록(CIP)은 서지정보유통지원시스템
  홈페이지(http://seoji.nl.go.kr)와 국가자료공동목록시스템(http://www.nl.go.kr/
  kolisnet)에서 이용하실 수 있습니다. (CIP 제어번호: CIP2017016283)

www.booknomad.co.kr

시인,
목소리

김소형 · 박소란 · 백은선 · 유진목 · 이은규 · 이혜미

북노마드

프롤로그

잘 지내냐는 안부는 안 듣고 싶어요

안부가 슬픔을 깨울 테니까요

슬픔은 또다시 나를 살아 있게 할 테니까요

김소연 「그래서」 중에서

일
러
두
기

- 『시인, 목소리』는 북노마드 윤동희 대표가 진행한 '편집자 되기' 수업의 과정을
  모은 책입니다. 수업에 참여한 예비 편집자들(김은수, 신보경, 유지인, 윤진희,
  전은재, 전덕윤)이 6명의 시인님들을 만났습니다. 깊은 대화를 나눠준 시인님들과
  예비 편집자들에게 인사를 전합니다. 고맙습니다.

- 본문에 실린 시는 시인의 동의를 얻어 해당 출판사와 '저작물 재수록'에 대한
  이용 승인을 마쳤습니다. 시의 출처는 다음과 같습니다. (가나다 순)

김소형, 『ㅅㅜㅍ』, 문학과지성사, 2015
박소란, 『심장에 가까운 말』, 창비, 2015
백은선, 『가능세계』, 문학과지성사, 2016
유진목, 『연애의 책』, 삼인, 2016
이은규, 『다정한 호칭』, 문학동네, 2012
이혜미, 『뜻밖의 바닐라』, 문학과지성사, 2016

차
례

침묵하는 자들을 기다립니다.
어렵게 말을 꺼내는 순간이 올 거라고 믿어요.
즉시 응답하는 것만이 옳은 건 아니에요.
내가 할 수 있는 최선으로 열심히 들을 거예요.

김소형 시인

○

쓰는 건 괴롭지 않아요,

사는 게 괴롭죠.

● 대화 윤진희

김소형 서울에서 태어났다. 시집으로 『ㅅㅜㅍ』(2015)이 있다.

요즘 어떻게 지내세요? 시인님의 하루 혹은 일상이 궁금합니다.

김소형 시인
시인, 목소리

일어나면 세수하고 테이블야자Chamaedorea
elegans나 스파티필름Spathiphyllum의 잎을 닦은 후에
환기를 해요. 최근에는 산보하면서 포켓몬 GO°도
하고 작업실에 갑니다. 작업실에는 소설가, 시인,
프로그래머, 예술인, 백수 등 다양한 직업군의
친구들이 있어요. 그들과 지내는 시간이 많아요.
보드게임을 하거나 여행을 가기도 하죠. 작년에도
그들과 속초, 무주, 완주, 거제, 풍기 등을 다녀왔네요.
부석사에 갔는데 마침 폭설이 내려서 하염없이
쏟아지는 눈을 맞으며 걸었던 게 아직도 기억나요.
처마에서 떨어지는 물소리와 자박거리는 소리.
그렇게 몇몇 사람들 속에서 하루를 보내고 있어요.

°
포켓몬컴퍼니와 나이앤틱이 공동 제작한 증강현실
모바일 게임. 증강현실과 구글 지도를 결합,
애니메이션 캐릭터 포켓몬을 수집하는 게임이다.

'시인은 탄광의 카나리아'라고 합니다.
감정의 깊이는 너무도 경이롭고 그래서 곤욕스럽기도
합니다. 시인은 일상의 작은 부분을 세세하게
바라보기에 감정적인 피곤함이 상당할 것 같아요.
그럴 때는 어떻게 하시나요? 가장 먼저, 가장 오래
아픔을 앓는 시인으로서 요즘 나를 가장 아프게
하는 것은 무엇인가요?

김소형 시인
시인, 목소리

○

　　　2016년 전라북도 완주에 있는 '베데스다의
집'에서 낭독회를 했어요. '베데스다의 집'은
사회복지 시설로 정신지체 노인 및 결손 가정을
돌보는 활동을 해요. 무엇을 읽어야 하나 고민했는데
그 짧은 시간에 환대를 느끼면서 긴장이 풀렸어요.
행사를 시작하고 읽는 순간에서야 몇몇 분들이
글을 읽을 줄 모른다는 것도 알게 됐어요.
낭독회 책자 페이지를 넘기던 바로 그때.
　　　제게 잊히지 않는 풍광과 사람들이에요.
어떤 활자인지 몰라도 그분들은 열심히 들어줬고,
저는 소리로 전달되는 것이 있다면 간절히 존재하길
바랐어요. 기회가 있다면 다시 가고 싶어요.
그런 경험을 하면서 저는 생각해요. 어떻게 살아야
할까. 슬픔에 매몰되는 건 쉬우니까 육체적으로나
정신적으로나 거리를 두면서 살아야겠다고.
더 많은 것을 치열하게 봐야겠다고.

○

시인에게 무엇이 있어야 시를 쓸 수 있을까요?

또는 무엇이 없어야 시를 쓸 수 있을까요?

김
소형 시인

시인, 목소리

◯

　　쓰고자 하는 욕망이겠죠. 아무것도 없어도
기술적으로 쓸 수 있다고 봐요. 무엇이 있어야만
쓸 수 있고 없어야만 쓸 수 있는 건 없는 것 같아요.
다만 쓰고자 하는 욕망 없이 쓰기만 하면 즐겁지가
않더라고요. 시 쓰는 재미가 없으면 안 된다고 봐요.
재미나 즐거움을 이야기하면 신기하게 생각하지만
그게 없다면 괴롭기만 한 것인데 왜 쓰겠어요.
쓰는 건 결코 괴롭지 않아요. 사는 게 괴롭죠.
시와 거리를 유지하면서 좋아하는 걸 오래 해야죠.

○

　　강남역 '묻지 마 살인사건'에서 시작해 예술계 내
성폭력 사건까지……. 여성으로 살아간다는 게
무엇인지 고민하고 분노할 수밖에 없는 시간입니다.
지금, 우리에게 어떤 언어가 필요할까요?

김소형 시인
시인, 목소리

16

〇

2016년 5월 20일. 저는 강남역에 있었어요.
추모 집회였죠. 촬영하는 사람들이 많았고, 마스크를
쓰고 집회에 참석하는 문화가 생긴 것도 처음
목격했어요. 포스트잇을 붙이는 사람들이 있었고
그것을 떼려는 사람들이 있었고, 촛불을 붙이는
사람들이 있었고 소방관을 부르는 사람들이 있었고,
신고를 받은 소방관이 있었고 순찰을 도는 경찰관이
있었고, 리포터가 있었고 저도 있었죠. 촬영은
잠깐이었고 끝나자 금방 어둑해졌죠.

잘못 없는 여성이 죽었어요.

무력감과 모멸감. 그 감정 때문에 추모를
회피해서는 안 된다고 느꼈어요.
2016년 11월. 트위터에 성폭력 해시태그가
뜨기 시작했죠. 지금도 진행중인 일이에요. 미래의
일이기도 하죠. 저에게 쥐어진 언어를 깊이
고민했어요. 모두가 여성은 언어가 없다고 부정하는
것처럼 느껴지기도 했어요. 그게 저를 괴롭혔죠.
하지만 그것은 이미 존재합니다. 흔들려서는 안 돼요.
그 언어를 갖고 하나씩 해결할 것들이 많다는 걸 알고
있어요. 보다 전투적이고 날카로워져야 해요.

○

시를 공부하는 학생들이 꼭 '공부'했으면 하는
시나 시인이 있으세요? 본인의 시를 통해 독자들이
어떤 질문을 품기를 바라세요? 그리고 사람들의
마음속에 어떤 시인으로 기억되고 싶으세요?

김
소
형 시
시 인
인,
목
소
리

하고자 한다면 다 해야겠죠. 모르는 게 많다는 걸
아는 과정이 공부잖아요. (웃음) 좋아하는 시인이
있으면 그것부터 읽으면 될 것 같아요. 제 시를 읽고
어떤 질문이 생기든 환영하고요. 만약 그 질문을
묻는다면 저는 매번 다른 대답을 할 수 있을 거예요.
의아하겠지만 그 과정 자체가 제 시에 대해, 혹은
저라는 사람에 대해 말해주는 확실한 대답이거든요.

어느 인터뷰에서 '슬럼프'에 대한 질문에
"평생 매 끼니를 먹어 오면서, 밥 먹는 데 슬럼프가
온 적 있으신가요?"라고 답하셨습니다. 사실 가끔은
매일 두세 끼를 챙기는 게 귀찮을 때도 있고,
바쁘면 거르기도 합니다. 그래도 생존을 위해서는
꼭 챙겨야 하는 것이 끼니인 것처럼, 시인에게도
글이란 끼니처럼 챙기지 않으면 자신을 제대로
구성하지 못하는 거라고 이해했습니다.
지금도 글이 손에 잡히지 않는 나날이 지속되거나,
또는 자신에게 글쓰기의 의미를 다시 묻게 되는
슬럼프를 겪지 않는 편인가요?

김소형 시인
시인, 목소리

인터뷰 당시 저는 글은 글일 뿐이라고 느꼈기
때문에 끼니를 먹는 정도에 가깝다고 말한 거였어요.
대단한 말이 아니었답니다. (웃음) 글은 그냥 쓰면 된다,
못 쓰면 또 쓰면 된다, 쓰기 싫으면 안 쓰면 된다.
그건 지금도 같아요. 그래서 제게는 슬럼프라는
단어가 없어요.

김소형 시인
시인, 목소리

고등학교 때까지 모범생으로 지냈다고
하셨습니다. '나는 그 속에서 사력을 다해 무료한
시간을 보내기로 결심했다. 주로 이어폰을 낀 채
음악을 듣고 카세트테이프를 갈아 끼우듯 바뀐
어둠을 보는 게 일상이었다. 어둠과 어둠이 뒤섞이는
정경을 보는 일이라면 잠 속에서도 기꺼이 하고
싶었다. 때론 책을 읽거나 빈터에서 주인 없는 개처럼
행인을 쳐다보기도 했지만'(당신의 사물들)이라는
글에서도 알 수 있듯이 조용한 학생이었을 것 같아요.
그런데 수능을 치르고 대학에 가지 않고, 4년여 동안
여러 공모전에 도전하는 과정에서 '글'에 대한
재능과 애정을 알게 되어 문예창작과에 입학했다고
하였습니다. 스무 살 나이에 남들이 가는 길을 따르지
않고 자신만의 길을 찾기 위해 홀로 나아가는 것은
쉽지 않은 일이었을 렌데요. 그때 결심을 내리기까지의
과정과 이후의 이야기를 들을 수 있을까요?

김소형 시인
시인, 목소리

그때 제가 생각한 모범생이란 조용하고 딱히 큰 문제가 없는 학생이었던 것 같아요. 정확히 말하자면 저는 문제없이 지내는 학생처럼 보이게 하는 데 능숙했어요. 차분하고 조용히, 그런 태도를 유지하면 많은 걸 감출 수 있습니다. 하고 싶은 게 없다는 걸 명확하게 알고 있었고, 저는 스무 살이 되면 진정 어른이라고 생각했죠. (웃음) 그러니 대학에 갈 필요가 없었어요.

글을 쓰게 된 건 공모전에 참여하면서 시작됐어요. 공모전 방식이라는 건 단순하게 쓰되 아무도 기억하지 않고 소모되는 글쓰기에 가깝거든요. 그게 놀이 같아서 하다보니까 상금도 타고 여행도 가고, 주변인들이 보기에는 제가 재능이 있어 보였던 거죠. 그 뒤로 문예창작학과라는 곳이 있다고, 그곳에 가면 좋겠다는 엄마의 말에 흥미가 생겨 다니게 됐어요.

'관' '사물함' '방' '벽' '화원' '울타리' 등 시인의
시에서는 다양한 공간들이 단순한 배경이 아닌 거대한
공간 이미지이자 이야기가 되어서 존재합니다. 공간들은
일상이 아닌 꿈과 환상에서 존재하는 익숙하지 않은
공간입니다. '소녀의 익사체가 떠 있는 시청'(흑백)이며,
'사형 집행인이 타는 열차'이고 '총성이 들리며 소년이
새를 산 채로 뜯어 먹는 교실'(구도자)입니다.
SNS(트위터)를 통해 조금이나마 엿본 일상 속 시인의
생활은 운동, 산책, 음악, 반려 식물 돌보기 등 단정한
일상을 단단히 꾸려나가는 모습이었습니다.
시 속의 이미지와는 상반되는 귀여운 소품들이 시인의
공간에 보였습니다. 단정한 일상으로부터 환상의
시의 세계로 넘어가는 특별한 방법이나 행동이
있을까요? 시인의 시적 공간에서는 현실을 오롯이
비추기보다는 판타지 속 세계, 또는 어젯밤 꾼 악몽 같은
조금 비틀어진 현실의 공간을 펼쳐 보이고 그 안에서
이미지와 이야기를 펼치는 이유는 무엇인지요?

김소형 시인
시인, 목소리

26

"우리는 이러한 반투명 건축물을 짓고자 하는
의지에 관해, 또한 저 사라지기 쉬운 공기[에테르]
속에서 우리가 정열적으로 사랑하는 모든 것의 이러한
유백색 응고에 관해 재검토하게 될 것이다."°

　　제가 지을 수 있는 반투명 건축물에 필요한
재료들, 사라지기 쉬운 것, 그때 눈부신 것을 가져와서
쓰는 게 좋아요. 그래서 그때 적합한 걸 써요. 일상이
필요하면 일상을 쓰고, 뒤틀린 이미지가 필요하면
그것을 가져다 쓰고, 그런 것에 주저하지는 않는 것
같아요. 망설이면 쓰고자 하는 게 사라져요.
　　일상도 마찬가지라서요. 당시에 관심이 생긴 것을
곁에 두면서 단정하게 지내려 해요. 저는 제가
아끼는 것들을 가까이에 두고 품위를 지키면서 살고
싶어요. 그런데 그 품위라는 것도 잘 모르겠어요.
일단 그것을 찾아야 하고 또 지켜야 하죠. 도저히
아무것도 지킬 수 없는 시대에서 살고 있으면서요.

°
가스통 바슐라르, 『공기와 꿈』, 정영란 옮김,
이학사, 94쪽.

주로 침묵하는 게 익숙하고, 질문에는
단답형으로 말하는 것을 좋아한다고 하셨습니다.
시인은 말을 아끼는 편인 듯합니다. '사람들은
이들을 벙어리라고 생각'(그림 찢는 살롱)하지만
'잠시 침묵하지만 적시에 움직일 때가 되어 움직이는
인간에 대한 믿음이 있다'라고도 하셨습니다.
즉시 응답하지는 않았지만 아직 시인 안에 언어화되지
못한 수많은 감정과 사고가 있을 것 같아요.
그 언어들이 시가 되어, 또는 시가 아닌 또다른
형태로 발휘되나요? 혹은 '사물함 안에서 자물쇠를
걸고 세계를 닫는'(사물함) 듯이 자신 안에 담아 두는
편이신지요.

시인, 목소리 ┃ 김소형 시인

언어화되지 못하는 것에 관심이 많아요.
그것조차도 표현할 수 있어야 한다고 생각하지만,
때로는 그냥 두고 싶기도 하죠. 저는 동물의 뒤통수를
보면서 쟤들은 무슨 생각을 할까, 고민할 때가 많아요.
말없이, 눈짓과 행동과 때로는 짖음으로 의사표현을
하고, 서로의 언어가 통하지 않음에도 가끔 자신이
알아듣지 못하면 고개를 갸웃갸웃하거든요.
뜻이 통하지 않을 수 있다는 사실 자체를 당연하다고
생각하지 않는 거죠. 대부분은 말의 불필요함을
느끼면서 글을 써요. 또한 저는 침묵하는 자들을
기다려주고 싶어요. 어렵게 말을 꺼내는 순간이
올 거라고 믿어주고 싶은 거죠. 즉시 응답하는 것만이
옳다고 생각하지 않아요. 언제나 간과하기 쉬운 건
시간이니까, 그 안에만 말해주면 고맙겠죠.
제가 할 수 있는 최선으로 열심히 듣고자 할 거예요.

팟캐스트를 통해 시인의 목소리를 처음
들었을 때 마치 성우 같다고 느꼈는데, 2015년에
'아를·김소형·박지혜'의 3인 밴드 '파크 사운드'에
참여하셨더라고요. 인터넷에 올라온 녹음 파일을
들어보니 몽환적인 음악에 시인의 낭독이
어우러지면서 낭독인지 랩인지 노래인지 아니면
선율인지 묘한 조화를 이루고 있었습니다.
앞으로 시인 및 밴드 멤버로 활동하는 것 외에
새로 경험하거나 도전하고 싶은 분야가 있나요?

'파크 사운드'는 좋아하는 사람들과 결성한
밴드예요. 즉흥적으로 공연하기 때문에 서로의 낭독이
어디서 튀어나올지 감으로 알아야 해요. 리허설 준비를
해도 공연에 올라가면 전혀 다르게 만들어지죠.
이쯤 말하면 되겠다 싶으면 그때 맞게 음악이 나오고,
이쯤 기다리면 되겠다 싶으면 목소리가 들리고,
그 경험이 쌓이면서 '파크 사운드'라는 소리의 형태를
만들고 있구나 싶었어요.

저는 새로운 경험이다 싶으면 간단하게 제게
물어봐요. 그것이 끌리는가, 안 끌리는가. 그래서
제가 그런 것 같다고 응답하면 합니다. 굉장히 쉬운
프로세스예요.

상당히 많은 식물을 키우고 있습니다.
무화과나무, 미선나무, 커피나무, 목화, 레몬나무 등등
스무 개가 넘는 화분을 집 안에서 돌보고 있죠.
초록의 기운으로 가득할 시인의 공간은 어쩌면
시인만의 '빛이 주검이 되어 가라앉는 숲'(ㅅㅜㅍ)일지도
모르겠다고 생각해봅니다. 많은 식물들과 함께하는
이유, 그리고 시인에게 '반려 식물의 의미'는
무엇일까요?

김소형 시인
시인, 목소리

32

시집을 묶고 난 뒤에 식물을 키웠어요.
그전까지 제게 식물이란 잎이 있고 광합성 호흡을
하고 화석에 가까운 것. 누적된 전반적인 유전적
차이가 있지만 저는 전혀 구분할 수 없는 것이었죠.
그러다가 레지던시 생활을 하며 우연히 장미허브를
맡게 됐어요. 키우니까 번거롭고 부담스러운데
예상외로 잘 키웠거든요. 그 뒤로 하나씩 들이게
된 거예요. 무화과, 미선나무, 커피나무, 레몬나무,
올리브, 목화, 그 외에 작은 화분도 많아졌죠. 취미가
된 거예요. 화훼장식기능사 필기시험에도 합격하고,
플로리스트 수업도 듣고. 지금은 식물들을 유심히
보는 시간이 많아졌어요. 손끝으로 잎을 살짝 만질 때,
미세한 파동으로 제게만 손길을 허락해주는 기분.
그게 참 좋거든요.

시를 자주 접하지 않았던 저에게 '뼈' '해골' '시체' '묘지' 등 일상어에서 벗어난 단어들로 만들어진 시의 괴이한 세계감이 당황스러웠던 게 사실입니다. 하지만 좀더 읽다보니 시 속의 세계가 마치 팀 버튼의 영화, 미야자키 하야오의 만화, 그림동화와 안데르센의 잔혹 동화처럼 현실인 듯 환상인 듯 시 속 세계들이 머릿속에서 자연스럽게 섞였습니다. 그 이미지들이 내 안에서 자유로이 엉키는 것만으로도 시를 즐기는 것이라고 느꼈습니다. 모든 문학은 독자의 마음에서 각자 완성되는 것이겠지만, 그럼에도 시인의 시집을 처음 접하는 독자에게, 시가 익숙하지 않은 독자에게 '제 시집을 한번 이렇게 읽어보세요'라고 제안해주시겠어요?

김소형 시인
시인, 목소리

34

아무렇게나 읽으셔도 돼요. 저를 만나고
제 시가 좋아졌다는 분들도 있지만, 저는 정말로 저를
만나지 않아도 되니까, 시를 읽으시면 된다고 느껴요.
때로는 그것이 감사하고요. 제 시집을 읽어보세요.
그거면 됩니다.

김 소형 시인
시인、 목소리

36

꿈속이라 믿었던 숲이었습니다
어딜 가나 음악이고 어디서나 음성이던 숲
저는 환한 잠을 따 광주리에 담았습니다
제게 잠을 먹이려는 어수룩한 무리가 있었고 다시
이 세계가 사라지기만을 기다리는 천사들이
있었지요 밤마다 불 피우며 땅속에다 숲을 두고
돌 속에다 숲을 두고 주머니에도 발가락 사이에도
두었습니다
이미 죽은 당신에게 총을 겨누는 병사들과
당신을 묻기 위해 땅을 파는 인부들과 숨겨둔 숲을
찾아 도끼질하는 벌목꾼을 피해 그리하여 숲은
만들어졌습니다

숲을 두고 숲을 두고
그저 당신과 하루만 늙고 싶었습니다
빛이 주검이 되어 가라앉는 숲에서
나만 당신을 울리고 울고 싶었습니다

시인에게 필요한 가장 중요한 한 가지는
'혼자 있는 시간'입니다.
온전히 자신에게 집중하는 시간.
그 시간이야말로 어떤 것을 생각하게 하고
결국 쓰게 만듭니다.

박소란 시인

채우려 애를 써도

채워지지 않는 것,

그대로 버티는 것

•대화·사진 김온수·전먹윤

박소란 1981년 서울에서 태어났다. 2009년 『문학수첩』으로 등단했다. 시집 『심장에 가까운 말』이 있다.

요즘 어떻게 지내세요? 시인님의 하루 혹은 일상이 궁금합니다.

○

　　그냥, 평범하지요. 평일엔 회사에 있고, 주말엔
집에 있습니다. 취미랄 게 딱히 없는 편이라 일상이
아주 무미건조합니다. 그런데도 늘 무언가에 쫓기듯
바빠서 몇 안 되는 친구들의 원성을 삽니다. 몇 달 전,
친구가 30분 남짓 가까운 동네로 이사를 왔는데,
계절이 바뀐 지금까지 그녀의 집들이 초대에 응하지
못하고 있어요. 마음의 여유가 없다보니 늘 이런
식입니다. 대단한 것을 하는 것도 아니면서…….
이따금 가까운 이들에게 진심으로 미안한 마음이
듭니다. 상황이 이렇다 보니 약속 잡는 일에는 자연히
인색해졌고요. 한 달에 한 번 아버지를 만나러 마산에
가는데, 그나마 이것이 최선을 다해 지키는 유일한
'약속'입니다. 약속을 정해 누군가를 만나는 것보다
우연히 혹은 불쑥 만나 한두 시간 밥을 먹거나 술을
마시는 게 좋습니다. 일상이 팍팍하다고 느껴질 때는
보고 싶은 영화나 전시 등을 확인해 다이어리에
꼼꼼히 적어두는데, 대부분 그만 잊고 맙니다.
그럼에도 작은 극장에 들어가 혼자 영화를 보는 일,
평일 오후 미술관을 천천히 거니는 일이 즐겁습니다.
이처럼 사소하지만 값진 휴식을 늘 갈망하고 있지요.

'시인은 탄광의 카나리아'라고 합니다.
감정의 깊이는 너무도 경이롭고 그래서 곤욕스럽기도
합니다. 시인은 일상의 작은 부분을 세세하게
바라보기에 감정적인 피곤함이 상당할 것 같아요.
그럴 때는 어떻게 하시나요? 가장 먼저, 가장 오래
아픔을 앓는 시인으로서 요즘 나를 가장 아프게
하는 것은 무엇인가요?

박소란 시인

시인, 목소리

○

　　저는 비교적 무덤덤한 사람입니다. 특별히
예민하거나, 예리한 편은 아니에요. 그럼에도 아주
가끔은 걷잡을 수 없이 슬플 때가 있습니다. 어쩌다
골목에서 발가락이 잘린 비둘기를 만날 때,
그 발가락이 아직 아물지 못한 상태일 때, 아물지 못한
발가락이 주린 걸음으로 쉬지 않고 먹을 것을 찾을 때,
날은 춥고 길은 얼어 먹을 거라곤 보이지 않을 때,
구구구구 아무렇지 않은 척 애써 절뚝이며 어딘가로
향할 때…… 말하자면 보잘 것 없고 지극히 초라한
풍경을 대할 때, 그 풍경 속에 나도 어쩔 수 없이 함께
살고 있다는 사실을 문득문득 깨달을 때…….

　　얼마 전 퇴근길에 있었던 일입니다. 기다리던
버스가 정류장에 당도했을 때 지갑을 찾으려 가방을
뒤적이는 사이 버스가 문을 닫고 쌩하니 가버렸어요.
버스는 승차 계단까지 사람들로 빼곡히 들어찬,
그야말로 만원 상태였습니다. 더는 사람을 태울 수
없었던 터라 그대로 가버린 듯싶습니다.

그런데 그 순간 눈물이 핑 돌았어요. 어쩐지 버림받은 기분이 들어서요. 순간 그토록 감정이 북받친 데 스스로도 조금 놀랐습니다. 하필 그 저녁이 너무 추웠고, 제 생활은 많이 지쳐 있었기 때문일 겁니다. 안내판을 보니 다음 버스는 12분 후에 도착한다고 되어 있었습니다. 참으로 긴 시간이었어요. 12분 동안 몸을 한껏 웅그리고 버스를 기다렸지요. 그냥 기다리는 것 외엔 별다른 도리가 없었으니까. 아니, 실은 아주 악착같이, 나를 태워주지 않은 버스에 항거하듯이 추위에 몸을 내던지고 있었다 해야 할 것 같습니다. 네, 바로 이런 것이 제가 세상을 대하는 방식이지요. 너무 억척스럽고 청승맞기 때문에 타인에게는 들키고 싶지 않은 모습입니다. 그런 모습을 한 스스로에게 화가 날 때가 많습니다. 스스로의 못남과 어리석음, 비루함을 목도하는 일에 화가 나는 것입니다.

박소란 시인
시인, 목소리

그렇지 않아도 아픈 것들은 도처에 널려 있죠.
일일이 헤아릴 수 없는 주변의 많은 것들이 슬프고
때로 분노스럽지만, 나를 가장 아프게 하는 건 역시
나 자신이 아닐까 싶습니다. 어떤 세태보다 그러한
세태 앞에 무력한 자신에게 더 짓눌리고 말듯이.
요즘의 저는 자신에 대한 여러 고민에 새삼 휩싸여
있고, 아마도 이러한 고민은 좀처럼 해결의 끝에
닿지 못할 것 같습니다.

○

　　시인에게 무엇이 있어야 시를 쓸 수 있을까요?
또는 무엇이 없어야 시를 쓸 수 있을까요?

박소란 시인

시인, 목소리

무엇이 있어야 시를 쓰겠다, 하는 생각을
해본 적은 없습니다. 시를 쓰는 데 꼭 필요한 특정
요건이 있을까 싶고요. 마찬가지로 반드시 없어야
하는 무엇도 있을 것 같지 않습니다. 다만 시인에게
필요한 가장 중요한 한 가지라면 '혼자 있는 시간'을
꼽고 싶어요. 사색이니 명상이니 하는 거창한 말을
들먹이지 않더라도 혼자 있는 시간은 그 자체로
자양이 된다고 믿습니다. 온전히 자신에게 집중하는
시간. 그 시간이야말로 어떤 것을 생각하게 하고 결국
쓰게 만드는 게 아닐까. 비로소 자신만의 어떤 것,
자신을 위한 어떤 것을 말입니다. 루소가 『고독한
산책자의 명상』을 쓰기 시작하며 했다는 말을
좋아합니다. "나는 몽테뉴와 같은 기획을 하고 있지만
목적은 그와 정반대다. 왜냐하면 그는 다른 사람들을
위해 『수상록』을 썼지만, 나는 오로지 나 자신을 위해
내 몽상들을 기록하기 때문이다. 말년에 이르러
떠날 때가 가까워져도 내 바람대로 지금의 성향을
여전히 간직한다면, 이 글을 읽으면서 나는 이것을
쓸 때 맛보았던 즐거움을 다시 떠올리게 될 것이고,
이렇듯 나를 위해 지나간 시간을 되살려 냄으로써,
말하자면 내 삶은 배가될 것이다."

○

　　강남역 '묻지 마 살인사건'에서 시작해 예술계 내
성폭력 사건까지……. 여성으로 살아간다는 게
무엇인지 고민하고 분노할 수밖에 없는 시간입니다.
지금, 우리에게 어떤 언어가 필요할까요?

박
소란
시인

시인,
목소리

○

　　2016년은 참으로 뜨거웠습니다. 여성으로 태어나
여성의 몸으로 살다보면, 어떤 수순처럼 이 사회에서
맞닥뜨리는 일들이 있지요. 정체를 알 수 없는 거대한
적과 끝없는 싸움을 하는 기분. 뉴스를 통해, SNS를 통해
시시각각 어떤 소식이 전해질 때마다 심장은 세차게
동요했지요. 두려웠습니다. 그 모두는 제가 앓고 있는,
혹은 앓았던 이야기들과 멀지 않았으니까요. 값진 용기에
힘을 더할 수 있는 한 마디 한 마디를 얼마나 궁리했는지
모릅니다. 그러나 정작 어떤 말도 꺼낼 수 없었지요.
저는 저의 젠더 의식, 젠더 감수성을 도무지 신뢰할 수
없었습니다. 정확히, 그리고 제대로 말하지 못한다는
자책, 그것이 오래 저를 괴롭혔어요. 더 열심히 공부하고,
더 깊이 고민해야겠다고 다짐했습니다. 그와 동시에
이런 것들을 생각했지요. 정확히, 그리고 제대로 알지
못해 자신도 모르게 범했을 수많은 실수들. 함부로
부려졌을 말과 행동들. 부족한 내가 그 부족함으로 인해
누군가를 고통스럽게 한 것은 아닐까, 자문하다보면 더욱
숨이 찼습니다. 말과 행동, 글, 심지어 한 줄의 문장도
무기가 될 수 있다는 것. 그 무기로 선량한 누군가를
쏘고 찔러서는 안 되겠다는 것. 더 신중해져야겠다고
생각했습니다. 날카롭고 맹렬한 언어가 반드시 필요하지만,
동시에 말의 무서움을 알고 경계할 줄 아는 신중함을
그 곁에 함께 두어야겠다고.

시를 공부하는 학생들이 꼭 '공부'했으면 하는
시나 시인이 있으세요? 본인의 시를 통해 독자들이
어떤 질문을 품기를 바라세요? 그리고 사람들의
마음속에 어떤 시인으로 기억되고 싶으세요?

○

　　　시를 공부하다보면 정말 열심히 다양한 시를
읽을 것 같지만 쉽지 않습니다. 대체로 선생님이나
선배들이 권하는 시, 문단 시류의 중심에 놓인 시만을
간신히 찾아 읽게 마련입니다. 거기에서 그치고 말지요.
참 불행한 일입니다. 우리가 모두 비슷한 시를 읽고,
비슷한 시를 좋아한다는 것, 궁극에 비슷한 시를
쓴다는 것. 모두가 알고 있듯이 시는 '공부'만으로 되는
무엇은 아니지요. 무엇보다 중요한 것은 우리는 시를
끔찍이도 좋아한다는 사실입니다. 그것이 시를 읽는
이유, 쓰는 이유일 텐데요. 하지만 우리는 지금 이 순간
우리가 좋아하는 시를 읽고 있는지, 좋아하는 시를 쓰고
있는지조차 충분히 알지 못합니다. 좋아하는 시를
자유롭게 좋아하는지, 좋아하는 법을 알고 있는지.
네, 그러니까 시를 공부하는 분들이라면 무엇보다
자신의 취향과 안목을 믿으시면 좋겠다는 이야기,
그런 이야기를 저는 이렇게나 길게 한 것입니다.
특정 시나 시인을 추천하는 대신 제가 드리고 싶은
말씀이에요(제 자신에게도 꼭 필요한 이야기죠).
자신의 마음을 움직이는 시를 스스로 공들여 찾고,
그것을 오래 아껴 읽으시길, 그리고 마침내 그런 시를
쓰시길 바랍니다.

제 시를 읽고 어떤 생각이든, 가슴속에서
자신도 모르게 자라난 무언가를 갖게 된다면 시를 쓴
저로선 반갑고 고마운 일이지요. 언젠가 제 시를
읽었다는 어린 친구가 물어왔습니다. 요새도
김밥천국에서 데이트하는 연인이 있나요? 화장실이
없는 집에 사는 사람이 있나요? 요새도 진짜 있나요?
믿을 수 없다는 듯, 꾸며낸 이야기는 아닐까 조금은
의심스럽다는 듯 물었습니다. (웃음) 저는 대답했지요.
네, 있어요. 분명히 있습니다. 지금도 그런 사람들이
어딘가에 살고 있어요. 평범을 가장한 채 힘겹게
살아내고 있어요. 대답할 수 있어 다행이라고
생각했습니다. 앞으로도 이런 식이라면 좋겠어요.
세상 어딘가에는 이런 사람들이 있을까, 이런 삶이
있을까 궁금해 하신다면, 제 시로써 어렴풋이
그 사실을 알게 되신다면, 기꺼이 알아주신다면!

박소란 시인

시인, 목소리

'어떤 시인으로 기억되길 바란다'에 대해서는
딱히 염두에 둔 것이 없습니다. 좋은 시를 쓴 시인으로
기억된다면, 나아가 시인이라는 이름에 앞서 몇 편의
시로 기억될 수 있다면 더할 나위 없겠습니다. 이는
물론 시를 쓰는 모든 이들의 바람일 것입니다. 그러나,
진심으로, 굳이 기억되지 않아도 괜찮다는 생각이
갈수록 커집니다. 결국 저는 제 자신을 위해 쓰는
사람일 뿐이고 그것으로 족하니까요. 우리가 모두 살기
위해 한 가지쯤 어떤 일을 하듯이, 저는 쓰는 일을
택했을 뿐입니다. 그러니 계속해서 묵묵히 쓸 것이고,
이는 저 자신에게 충실하고자 하는 방편에 불과합니다.
그럼에도 굳이 기억이 허락된다면, 스스로에게
충실하려 정직하려 애쓴 사람으로, 그래서 내내
성실했던 시인으로 남길 바랍니다. 아, 쓰고 보니
너무 거창해서 얼굴이 다 화끈거릴 지경이네요.

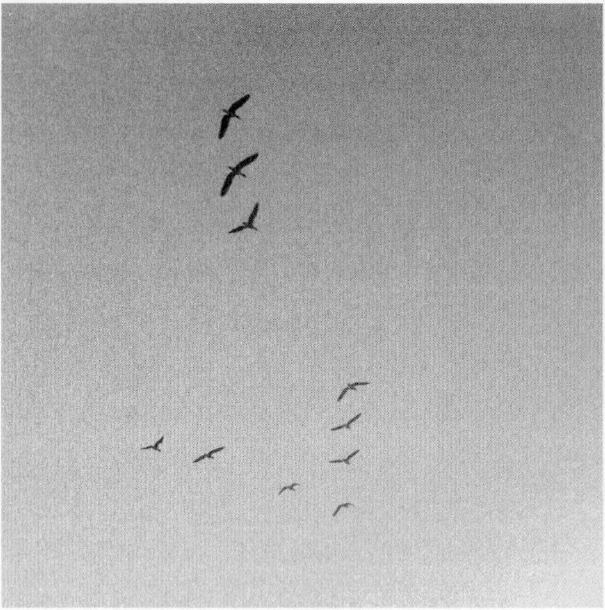

박소란 시인

시인、목소리

안부를 묻고 싶습니다. 그동안 시인은 어디에서
무엇을 보셨는지, "벽제로 가는 703 버스"를 다시
몇 번이고 기다리셨는지, 계절이 바뀔 때마다
"과일 가게에서 과일 몇 알을 집어 들고 얼마예요"
라고 물어보셨는지요? 첫 시집이 나온 후에
어떻게 지내셨나요?

박소란 시인
시인, 목소리

2015년 봄에 첫 시집을 냈고, 벌써 2년가량
시간이 지났습니다. 2년 사이 직장을 옮겼고(이전에도
워낙 이직이 잦은 편이었습니다만……), 이사를 했고
(이전에도 워낙 이사가 잦은 편이었습니다만……),
누군가와 만나기도 헤어지기도 했습니다. 가만히
되짚다보니 역시 특별한 것은 없었네요. 늘 그렇게
생활했듯이 첫 시집을 낸 후에도 그렇게 생활했습니다.
지금도 마찬가지이고요. 일찍 퇴근하는 날이면
과일 가게에 들러 감이나 귤, 참외 같은 것을 사서
낑낑거리며 집으로 향하고, 그리운 마음이 간절할 때면
홍제역에서 703번 버스를 타고 벽제 용미리 공원묘지로
갑니다(어머니가 그곳에 계시거든요). 달라진 것은
없습니다. 다만 더듬어보건대, 지난 2년간 꽤 많은
시를 쓴 것 같네요. 시집을 낸 직후엔 팬스레 마음이
홀가분해졌고, 그래서 아주 신이 난 듯 썼습니다.
조금 지나서는 첫 시집에 어떤 '책임감'이 생겼습니다.
마치 어렵게 아이를 얻은 젊은 부모가 최선으로
생활을 일구어내듯이, 알 수 없는 사이 마치 한 아이의
엄마가 된 것 같았어요. 그 아이를 위해 부끄럽지 않고
싶은 기분이 들었다고 할까. 그래서 긴장을 늦출세라
마음을 다잡고는 했습니다. 물론, 결과를 놓고 본다면
여전히 부끄러운 수준이지요.

자칭 '걷기 예찬론자'이시잖아요. 큰길로
걷는지, 구불구불 골목길 속으로 들어가 보거나,
한 번도 가지 않았던 길로 가시는지 시인의 발걸음을
재촉하는 방향이 있을까요? 시인의 도시 산책을
함께하는 음악이 있다면 무엇인지 궁금합니다.

○

　큰길이든 좁은 골목길이든, 익숙한 길이든 처음
가는 낯선 길이든 저는 좋아요. 걷다보면 어느새 길은
사라지고 걷는 상태, 오직 그 순간만 존재하는 것
같습니다. 최근 "나는 걷고 있고 그러므로 살고 있다"라고
시에 쓴 적이 있는데, 이 같은 기분이 되는 게 걷는 일의
묘미가 아닐까 생각합니다. 요즘은 밤 10시를 전후로
동네 개천 길을 즐겨 걷습니다. 산책 삼아 천천히 걷기
때문에 운동 효과는 거의 없는 것 같아요. (웃음) 제가
걷는 길은 서울에서 가장 어두운 개천길이라더군요.
조금 어두컴컴한 편이지만, 그래도 나름의 운치가 있고
또 해오라기나 두루미도 만날 수 있기 때문에 마음이
편안해집니다. 걸을 때 들어야지 하면서 스마트폰에
음악을 잔뜩 다운로드해 두는데(가요, 팝, 재즈, 힙합, 록,
클래식 할 것 없이 다양한 곡들이 담겨 있습니다. 워낙
취향이랄 게 없는 잡식성이라), 대체로는 아무것도 듣지
않고 걷습니다. 귀에 무언가를 꽂고 걷는 것과 귀를 활짝
열고 걷는 것은 전혀 다르다는 걸 걸을 때마다 느끼거든요.
코를 열어 숨을 쉬고 냄새를 맡듯 귀를 열어 소리를
듣는 것, 아니 감지하는 것, 그것이 그 공간을 온전히
만끽하는 방식이라는 걸 언젠가부터 어렴풋이 알게
되었습니다. 그래서 바람 소리며 빗소리, 강물이 몸을
부딪는 소리에 자연스레 귀를 줍니다. 걷고 있음을
최선으로 체감하기 위해서요.

○

　　2015년 6월, 한 행사에서 시인은 「돌멩이를
사랑한다는 것」을 낭독하셨고, 이 시에 대해
"많이 허할 때 쓴 시여서 개인적으로 좋아하는 시"
라고 말씀하셨어요. 잠시 '허하다'는 말에 대하여
생각해봅니다.

　　허-하다(虛--): 속이 빈 상태에 있다.

　　첫 시집 『심장에 가까운 말』에도 비슷한 말이
나옵니다. 「김밥천국」에서 '12월 매서운 바람이
잠복 중인 바깥' 풍경과 겹쳐지는 '가만가만 허기를
달래'는 연인들의 모습, 「배가 고파요」에서 '삼계탕집에
앉아 끼니를 맞을 때' '삼켜도 또 삼켜도 질긴 허기는
가시질 않는' 모습. 우리의 생이 담긴 이 이미지는
비단 어제오늘 일이 아닌 일상일지도 모릅니다.
우리는 어떨 때 허하고, 허기지며 그것을 무엇으로
채우고 있는 걸까요?

박소란 시인
시인, 목소리

○

　　어릴 때는 진심이 통한다고 여겼어요. 진심은
통하게 마련이라고. 그런데 조금씩 나이를 먹을수록
그 말이 얼마나 헛되고 옹색한 것인지 깨닫게 되었지요.
제가 생각하기에, 진심이란 참 통하기 어려운 것
같아요. 왜인지는 모르겠지만 그런 것 같습니다.
때문에 우리는 자주 이해받지 못하고, 사랑받지 못한
채로 남겨집니다. 서글픈 일이죠. '이번에도 또
진심은 전해지지 않았다'고 깨닫는 순간 사는 일은
초라해집니다. 저의 경우 특히 그런 때 깊은 허기가
찾아들곤 하는데, 그 허기를 무엇으로든 채울 수
있다면 다행이지만 아무래도 쉽지 않은 일입니다.
채우려 애를 써도 결국 채워지지 않는 것. 그런 마음의
상태로 그대로 하루하루 버티는 것, 견디는 것이
우리의 진짜 모습 아닐지. 우리 모두가 대체로
그렇게 살고 있지 않나요.

당신은 어떻게 알았을까 / 울음이 없다는 것을 / 컹컹 짓는 법을 나는 배운 적이 없다는 것을(없다), 소녀는 울음을 쏟지 않고 / 아픈 자국을 보고도 놀라지 않지 / 슬픔은 유치원에서 가르쳐주지 않은 것 (소녀). 두 시를 읽다가 늘 주어진 보기 중에서만 선택하는 법을 배워온 우리의 모습을 떠올렸습니다. 인생을 살아가며 처음 마주하는 상황에 어떻게 해야 하는지조차 모르는 삶. 마음 한쪽이 아려왔습니다. 시인님도 울음과 슬픔을 받아들이고 배우며 말하기란 쉽지 않으셨을 텐데요. 아무도 알려주지 않아서, 배운 적이 없었고 무엇인가 필요했던 순간 앞에 시인님은 어떻게 하셨나요?

박소란 시인
시인, 목소리

64

누구나 결핍은 있잖아요. 배운 적이 없는 것,
그래서 막막하고 어려운 것, 낯선 것, 그저 먼 것.
최근의 일인데요. 평소 예뻐하는 여자 후배와 만나
밥을 먹고 일어서는데 후배가 "선배, 이에 뭐 꼈나 봐줘"
하고는 거리낌 없이 희고 가지런한 치아를 내보였습니다.
어쩐지 크고 옹골진 하나의 웃음을 짓듯이, 흡사
웃음이라는 것을 빚어내듯이 말이죠. 구김 없는 행동이
귀엽기도 하고, 한편으론 당황스럽기도 했는데,
그녀의 모습이 오래 잊히지 않았어요. 어쩐지 그녀는
사랑받는 법을 아는 사람 같았다고 할까. 낯설고
신기하고 부럽고 그랬습니다. 그렇다고 제가 특별히
사랑받고 자라지 못한 축도 아닌데, 왜 그런 걸까요.
(웃음) 제대로 웃고 제대로 울 수 있는 사람, 건강하게
삶을 응대하는 사람. 그녀가 바로 그런 사람 같았습니다.
이따금 그런 사람을 만날 때면 저도 모르게 넋을 놓고
쳐다보게 돼요. 사람들은 자신의 감정을 그처럼
자연스러운 형상으로 드러내는 법을 어디서 배운 걸까.
언제, 어떻게 습득하게 된 걸까. 제게는 그런 것이
여전히 낯설고 어렵습니다. 이것이 제 결핍의 일면일
레죠. 제대로 웃고 우는 법을 배우지 못했다는 생각.
감정의 결핍. 환히 웃어야 하는 순간, 혹은 펑펑 울어야
하는 순간 앞에서 저는 늘 도망친 게 아닌가,

엉뚱한 생각에 사로잡혀 지레 겁을 냈던 게 아닌가,
하는 생각이 듭니다. 바보 같은 일이지만,
네, 저는 늘 그래 왔던 것 같습니다.

박소란, 시인

시인, 목소리

『나는 매번 시 쓰기가 재미있다』에서 "때때로 '쓰는 삶'이 무겁게 느껴지기도 한다. 반면 나는 조금 더 고집스러워졌다. 우직해졌다. 그렇게 믿고 싶다"라고, 「너무 깊은 오해」에서는 "내가 오해했나봐 당신을 / 소스라친다 소스라친다고 굳게 믿는다"와 같이 '믿는다'라는 단어를 많이 사용하세요. 유독 이 단어를 선택한 이유가 있으신가요? 시인님께서 힘들 때마다 기대어 '믿는 것'은 무엇인지 궁금합니다.

○

　　믿는다, 는 말은 그 자체로 굉장히 든든합니다.
하지만 한편으로는 매우 외로운 말이라는 생각이
들어요. 우리는 대체로 믿는 일 외에는 아무것도 할 수
없을 때 그제야 믿는 일을 시작하니까. 언젠가
죽음을 가득 드리운 한 사람의 병상을 지키며, 너무나
간절히 너무나 자연스레 성모상 앞에 무릎 꿇는 저를
봤습니다. 십자가 앞에 고개 숙이는 저를요. 종교도
신앙도 알지 못한 제가 그런 행동을 하다니요.
믿는 것 외에는 도리가 없었기 때문에 그랬을 테죠
(대체로 믿음의 대가는 하잘 것 없는 실망이지만).
말하자면 지푸라기를 잡는 심정 같은 것. 이것으로
하여 아무것도 달라지지 않지만 그럼에도 무언가를
나는 기어코 잡았다는 것. 마지막 하나는 가졌다는 것.
그런 마음의 위안 때문인지 수시로, 이따금 아주
의식적으로 믿는다는 말을 쓰는 게 아닌가 싶습니다.

박소란 시인
시인, 목소리

신기한 것은, 살면서 힘든 일이 닥칠 때마다
그 '십자가의 시간'이 떠오른다는 거예요. 아팠던 순간,
아주 붉게 울었던 순간이요. 그때를 생각하면 무엇이든
대체로 참을 만해집니다. 이 정도 일쯤 괜찮다,
대수롭지 않다, 하고 마음을 추스르는 것입니다.
아픔으로 하여 다름 아닌 아픔에 기대는 셈인데,
이 같은 아픔이야말로 어떤 희망이나 기대보다
더 굳세게 저를 지탱해주고 있다는 생각이 듭니다.

궁극적으로 '시'를 통해 전하고 싶은 메시지는
무엇인가요? 시인님의 시를 읽고 독자들이 어떤
질문을 품었으면 하는지 궁금합니다.

○

　　시를 통해 전하고픈 특별한 메시지가 있는 것은
아닙니다. 이런 말을 반복해서 한다는 게 조금은
저어되지만, 저는 다만 저를 위해 시를 쓰는 것일
뿐이에요. 제 자신을 견디기 위해. 주변에 눈을 주고,
애써 다가가 그것들을 쓰다듬지만 결국 그 모든 것이
저이기 때문이에요. 곧잘 넘어지고 상처 입는
제 자신이기 때문에 지나칠 수 없을 뿐입니다. 그럼에도
제 시가 시라는 이름으로 굳이 사람들 앞에 모습을
드러내게 되었으니, 읽어주신다면 (앞서 이야기한 대로)
'세상에는 이런 사람들도 있구나' '이런 일들도 있구나'
하고 한 번쯤 떠올려주시는 정도면 족합니다.
굳이 그 이상이 필요하다면 그것은 질문이기보다
울음이나 뜨거운 침묵에 가까운 어떤 것이길 저는
바라고 있습니다.

"닿지 못할 노래라 하더라도 멈출 수 없는,
마치 버려진 통기타 같은 이가 바로 시인"이라고
말씀하셨어요. 길가에 버려진 기타의 조율은 완벽하지
않아도 시인이 느낀 공기와 바람이 악기에 스며들어
영원히 끝나지 않을 소리를 내는 것 같습니다.
시집을 덮고 방안 모서리에 놓아둔 기타를 만져보며
생각합니다. 두번째 시집에선 어떤 노래를 하고
있을까요?

박소란 시인
시인, 목소리

○

　　두번째 시집의 모습은 저도 아직 가늠되지
않습니다. 부를 곡을 미리 정해 연습한 다음 무대에
오를 만큼 야무지고 영민한 가수는 아니라서. (웃음)
다만 최선을 다해 "닿지 못할 노래"를 부르고 싶을
뿐입니다. 무용하고 무용해서 온전히 제 것인
노래를요.

　　지난 몇 년간 시를 쓰며 느낀 것은 저에 대해
누구보다 정확히 시가 가르쳐준다는 것입니다.
아, 나는 이런 사람이로구나. 이렇게 살고 있구나.
저도 미처 깨닫지 못한 제 자신에 대해 시는
이야기해주었어요. 또 한 권 분량의 시들을 모아놓고
나면, 그제야 비로소 알게 될 것입니다. 아, 그 시절
나는 이런 사람이었구나. 이렇게 살아왔구나. 모쪼록
그 모습이 너무 실망스럽지 않았으면 좋겠어요.
너무 부끄럽지는 않았으면. 그래서 '어떤 시를
써야겠다'고 생각하는 대신 '어떻게 살아야겠다'를
생각하기로. 살아 움직이는 하루하루, 순간순간에
'더 마음을 기울여봐야겠다'고 다짐하는 요즘입니다.

박소란 시인

시인, 목소리

돌멩이를 사랑한다는 것

누구든 사랑할 수 있다는 것

집 앞 과일 트럭이 떨이 사과를 한 소쿠리 퍼주었다
어둑해진 골목을 더듬거리며 빠져나가는 트럭의
꽁무니를 오래 바라보았다
낡은 코트를 양팔로 안아드는 세탁소를
부은 발등을 들여다보며 아파요? 근심하는
엑스레이를
나는 사랑했다 절뚝이며 걷다 무심코 발길에 차이는
돌멩이
너는 참 처연한 눈매를 가졌구나 생각했다 어제는

지친 얼굴로 돌아와 말없이 이불을 끌어다 덮는
감기마저
사랑하게 되었음을

내일이 온다면
영혼이 떠난 육신처럼 가벼워진 이불을
상할 대로 상해 맛을 체념한 반찬을 어루만지기로
한다

실연에 취한 친구는 자주 울곤 했는데
사랑은 아픈 거라고 때때로
그 아픔의 눈물이 삶의 마른 화분을 적시기도
한다고 가르쳐주었는데
어째서 나는 이토록 아프지 않은 건지

견딜 만하다, 덤덤히 말한다는 것

견딜 만한 것을 다행으로 여기며 텅 빈 곳으로의
귀가를 재촉한다는 것
이 또한 사랑이 아닐까 궁지에 몰린 사랑,
그게 아니라면

도리가 없다는 것 더이상
사랑하지 않을 도리가

우연히 날아온 무엇에라도 맞아 철철 피 흘리지
않을 도리가

백은선 시인

◯

나를 버리고 싶은 사람

계속해서 불화하는 사람,

· 대화 · 사진 신보경

백은선 1987년 서울에서 태어났다.
2012년 『문학과 사회』 신인상을 수상했다.
시집 『가능세계』(2016)가 있다.

저는 제 몸을 벗고 다른 존재로 도망치고 싶어요.
어떨 때는 나를 꺼버리고 싶고요.
그러나 우리는 알지요. 그럴 수 없다는 것을.
거기서부터 시작되는 절망이 있어요.

○

　　요즘 어떻게 지내세요? 시인님의 하루 혹은
일상이 궁금합니다.

○

　　요즘 어떻게 지내느냐는 질문은 언제나 막막해요.
요즘이란 언제부터 언제까지인지, 수많은 하루 가운데
어떤 하루가 궁금한 건지, 일상이라는 것은 대체
무엇인지…… 그런 생각을 하면 말이에요.
그런데 저도 다른 사람들에게 버릇처럼 묻고는 해요.
잘 지내요? 하고. 어떻게 지내느냐는 물음에 슬프고
힘들고 기진맥진하게 지낸다고 하면 안 되잖아요.
아프고 어려워도 막 웃으면서 잘 지낸다고 해야 할 것
같고. 어쩌면 그 물음에는 잘 지낸다고 대답해달라는
요청이 함께 있는 것 같아요. 저는 요즘 그런 마음들로
지내요. 일상을 지키려고 애쓰면서요.

'시인은 탄광의 카나리아'라고 합니다.
감정의 깊이는 너무도 경이롭고 그래서 곤욕스럽기도
합니다. 시인은 일상의 작은 부분을 세세하게
바라보기에 감정적인 피곤함이 상당할 것 같아요.
그럴 때는 어떻게 하시나요? 가장 먼저, 가장 오래
아픔을 앓는 시인으로서 요즘 나를 가장 아프게
하는 것은 무엇인가요?

백은선 시인

시인, 목소리

○

탄광의 카나리아, 그런 말은 처음 들어봐요.
시인은 아픔 감지기가 아니에요. 물론 시인 중에
예민한 사람이 많겠지만요.

○

시인에게 무엇이 있어야 시를 쓸 수 있을까요?

또는 무엇이 없어야 시를 쓸 수 있을까요?

○

시를 쓸 시간과 공간이 제일 중요한 것
같습니다. 무엇이 없을 수 있다면 그 이외의 것들은
없는 것이 좋겠지요.

○

　　강남역 '묻지 마 살인사건'에서 시작해 예술계 내
성폭력 사건까지……. 여성으로 살아간다는 게
무엇인지 고민하고 분노할 수밖에 없는 시간입니다.
지금, 우리에게 어떤 언어가 필요할까요?

백은선 시인
시인, 목소리

○

　　　기성의 언어와는 다른 언어가 필요할 것 같아요.
저는 우리라는 것이 불가능하다고 생각하는데요.
이 시기에 무엇인가 필요하다면 그건 더 다양하고
장벽 없는 여러 가지 언어, 뒤죽박죽인 혼돈의 언어,
침묵 속에 잠들어 있던 분열증적 언어가 아닐까요.

시를 공부하는 학생들이 꼭 '공부'했으면 하는
시나 시인이 있으세요? 본인의 시를 통해 독자들이
어떤 질문을 품기를 바라세요? 그리고 사람들의
마음속에 어떤 시인으로 기억되고 싶으세요?

○

　　세 가지 질문은 너무 층위가 다른 것 같아요.

　　첫번째는 꼭 공부했으면 하는 시나 시인은 없어요.
시는 절대적인 것이 아니라고 생각하기 때문이고,
저 또한 아직 시를 잘 모르기 때문이기도 해요.
　　두번째, 독자들이 어떻게 생각하는지 무엇을
질문하는지를 생각하지는 않아요. 그건 제게 중요하지
않아요. 굳이 생각해보자면 도저히 풀 수 없는
수수께끼 같은 질문을 가지면 좋을 것 같아요.
　　마지막으로 저는 사람들의 기억에 남으려고
시를 쓰는 것이 아니에요. 시는 수단이 아니고
사람들의 기억은 저와 무관하지요.

◯

　　조연정 평론가의 말을 빌자면 첫 시집
『가능세계』는 '절망과 파국의 시대에 유일하게
가능한 시의 존재 방식을 드러'낸 시집이었습니다.
첫 시집인 만큼 독자의 반응이 낯설고 복합적인
감정이 드셨을 텐데요. 시인의 마음을 움직인 독자의
말은 무엇이었나요?

○

　　　저는 독자의 말을 신경 쓰지 않아요. 만약 신경
쓰인다고 하더라도 신경 쓰지 않고 싶어요. 일일이
독자의 말이나 반응에 신경을 쓰고 거기에서 마음을
움직인다면 어떻게 쓰려는 세계를 온전히 밀고
나갈 수 있겠어요. 저는 독자를 상정하고 글을 쓰지
않아요. 시는, 저에게 시는 그런 것이 아니지요.
시는 온통 가장 굳게 닫혀 있고 사방으로 열려 있어요.
그것으로 오롯이 완성된 세계예요.

시 「고백놀이」에서 '내내 그렇게 있으면 세상의
모든 접속사를 이어 만든 커다란 이불을 덮는 것
같은 기분이 든다'는 구절이 인상 깊었습니다.
접속사로 이어 만든 커다란 이불을 덮으면 어떤
느낌일까 궁금했어요. 백은선 시인의 가장 큰 특징은
'장시長詩'입니다. 어느 인터뷰에서 길게 쓰면 등단을
못한다는 말에 오기가 생겨서 시를 점점 길게 쓰게
됐다고 하셨어요. 시가 더 길어지기 이전에 처음으로
장시에 매력을 느낀 계기가 궁금합니다.

계기는 잘 모르겠어요. 아마도 재미있는 것을
하고 싶어서 이렇게 저렇게 쓰다 보니 그렇게 된 것
같아요. 어떤 필연적인 사건에도 단 한 번의
드라마틱한 계기라는 것은 요원한 일이 아닐까요.
저는 단지 오기 때문에 장시를 쓰게 된 것은 아니고요.
당시 우스갯소리로 했던 말이지요. 제가 들었던 말은
'등단하기 싫으면 계속 그렇게 써라'였어요. 저는 그런
사람들의 말에 굴복하고 일명 '등단 스타일'로
시를 쓰고 싶지 않았어요. 계속해서 제가 구축하고
싶은 세계를 시로 썼어요.

제목 짓는 걸 어려워하신다고 들었어요.
「잠자는 곰, 솔트 세인트 마리」처럼 노래 제목에서
따온 시 제목이 여럿 있다고요. 요즘도 시를 구상할 때
노래를 즐겨 들으세요? 가장 최근에 떠오른 제목은
어떤 순간에 왔나요?

이런저런 노래를 들으며 고민해볼 때가
있었어요. 요즘은 시를 쓸 때 노래를 듣지 않아요.
다른 감정이나 진동 같은 것이 틈입해오는 것이
싫어졌기 때문이에요. 가장 최근 떠오른 제목은
어둠 속에 누워 있다가 문득 떠올랐어요. 잠들기 직전
꿈과 현실의 이상한 경계에서 재미있는 생각들이
떠오르기도 해요.

작가님을 시로만 접했을 때는 회색의 차가운
느낌이었습니다. 얼마 후 〈문장의 소리〉 인터뷰로
작가님 목소리를 듣게 됐는데 다른 느낌을 받았어요.
따뜻하고 웃음도 많으시고요. 느리고 차분한 음성이
듣기 좋았습니다. 음성에서 풍기는 느낌으로는 평소
여유롭고 진중한 성격일 것 같아요. 하지만 지금
우리는 너무 빠르고 시끄러운 시대를 살고 있잖아요.
시끄러운 현실에서 자신의 성향을 유지하면서
살아가는 시인님만의 노력이 궁금합니다.

백은선 시인
시인, 목소리

저는 여유롭지 않아요. 진중하지도 못하고요.
단지 말이 느릴 뿐이죠. 저는 성향을 유지하려고
하지 않아요. 유지한다는 것은 바뀌지 않으려는
노력을 한다는 전제가 들어 있잖아요. 저는 계속해서
불화해요. 이것은 어떤 부분에서는 얼굴처럼
타고나는 것이며 결코 전이될 수 없는 그런 종류에
속하는 것 같아요. 저는 오히려 저를 버리고 싶어요.
다른 존재 다른 성향 다른 곳으로의 이행을 자주
생각해요. 그러나 그럴 수 없죠.

○

시가 쓰이는 순간이 궁금합니다. 시를 쓸 때
특별히 만들어놓는 환경이 있나요? 어떤 기분과
조건을 유지하시나요?

특별히 만드는 환경은 없어요. 기분과 조건을
마음대로 조절할 수도 없고요. 일단 책상에 앉아서
한 단어씩이라도 써나가려고 하는 편이지요.
어떤 환경을 구축하려고 애쓰다보면 환경이 구축되기
어려워서 계속해서 쓰기가 지연될 것 같아서요.
예를 들면 공부하기 전에 책상 정리를 하면,
결국 책상 정리만 하다가 지쳐서 공부는 내일로
미루게 되잖아요.

《현대시학》 2016년 11월호에 세 편의 시가
실렸습니다. 「여름과 해와 가장 긴 그림자와 파괴에
대하여」를 읽고 시가 독자와 가까워졌다는 느낌이
들었습니다. 장은정 평론가의 '가능세계의 이후는
구체성의 고통 속에서 눈먼 사랑으로 나아가려
하는 듯 보인다'는 말에서처럼 구체성의 생동감이
생긴 듯합니다. 혹시 변화를 염두에 두고 신작시를
쓰셨나요? 첫 시집 이후 최근 시를 내기까지 어떤
고민과 변화를 겪으셨는지 궁금합니다.

○

독자와 가까워졌다는 것은 오해인 것 같아요.
저는 억지로 변화하려고 하지 않아요. 단지 안 해본 것을
해보고 싶은 마음은 있어요. 그래야 재미있잖아요.
그렇지만 글에도 지문 같은 게 있어서 어떤 중심은
결코 변할 수 없다는 것을 이미 알고 있어요.
그냥 재미있는 것을 새로운 것을 쓰려고 할 뿐이에요.
그러다 보면 어떻게든 조금 다른 표정을 갖게 되지
않을까요? 제 미래의 시가 저도 궁금해요.

시인이 좋아하는 시로 「저고」를 뽑으셨어요.
미치고 싶을 때 미친 듯이 썼기 때문이라고
하셨는데요, 그렇다면 시 외에 미치고 싶었던 것이
있으세요? 아니면 지금 미쳐 있는 것이 있다면요.

○

　　좋아하는 시는 매번 바뀌어요. 미치고 싶다는 것은
'무엇 무엇에 미치고 싶다'는 이야기가 아니고요.
죽고 싶고 돌아버리고 싶다는 이야기예요. 어떤 대상에
미치고 싶은 게 아니죠. 미치고 싶은 것, 미칠 듯한
것과 미친 것은 다르니까요. 4번 질문과 결이 비슷한
이야기인 것 같아요. 저는 제 몸을 벗고 다른 존재로
도망치고 싶어요. 어떨 때는 나를 꺼버리고 싶고요.
그런 마음을 미치고 싶다고 표현한 것이었지요.
그러나 우리는 알지요. 그럴 수 없다는 것을.
거기서부터 시작되는 절망이 있어요.

백은선 시인
시인, 목소리

변형된 것은 저고라고 불리는 청각실험기 안에서
발생합니다. 저고는 사람도 아니고 사물도 아닙니다.
저고가 생겨난 것은 영혼을 발명하고자 하는 시도로
인한 것이었습니다. 저고를 만드는 데 사용된 것은
만 명의 울음소리와 웃음소리, 추락하는 물질의
속도와 지면에 닿는 순간 파손되는 힘, 그 힘이
사라진 후에 남은 조각들입니다. 우리는 관념 속에서
시작합니다. 관념 속에서 커다란 동그라미와 작은
동그라미 작은 동그라미 속에 무수한 눈동자가
정반합으로 회전하거나 튀어 오르는 상상입니다.

저고는 그중에서도 운동하지 않는 단 하나의
절망 같은 것이었습니다. 그 절망이 바닥없는
추락과 동일하다면, 하고 우리는 가정하기로
합니다. 가정에 대한 가정으로 저고와 저고에 대한
저고가 생겨납니다. 만 명의 울음소리를 겹치고
웃음소리를 겹쳐 우리는 이해할 수 없는 짖음을 얻게
됩니다. 거기서 의도하지 않은 언어와 같은 형태가
생겨났고 그 언어를 저고체라고 일컫습니다. 때로
겹쳐진 소리들을 다시 겹치거나 해체하는 작업이
시행되었습니다.

우아아주치하가지두라기아파거다리지이키하저아정
라무비이리다둠아부우치 이런 식의 무의미한 소리들을
계속해서 받아 적는 저고 ver. 509를 만들던 날,
우리 중 한 명이 실종됩니다. 실종은 예고된 적
없지만 순리에 맞는 일로 받아들여졌고 하나의 이름
위에 줄이 그어졌습니다. 빈칸은 빈칸으로 남겨진 채
부피에 의해 밀려납니다. 저고는 스스로 사고하지
못하기 때문에 우리는 웃음소리 위에 우리의 선언과
같은 문장들을 덧대어나갔습니다. 그리고 그 이후의
소리를 사념에 속한 일종의 저고에 대한 저고의, 저고
수위라고 여겼습니다.

우리의 우리라고 우리가 천명한 소리수집가들은
소리를 갖지 않는 기형에 몰두하게 되었습니다.
저고로부터 공백까지. 이렇게 텅 빈 상태를 이제는
영혼으로 받아들여야 하는 건가요.

우리가 우리에게 기울어지며 우리가 우리를 흔든다.

저고는 어떤 겹이 아닌 구의 형태가 되어 순환하는
독립된 소리 세계가 될 것입니다. 그 현상에는 아래와
위, 처음과 끝이 없습니다. 무한히 반복되는 동시에
무한히 끝나는 저고들에 대한 저고들의 저고들
저고들을 만들어냅니다. *그것은 절망과 유사한
풍경이다.* 한 문화평론가는 그렇게 말했습니다.

실험은 실험되지 않을 때에도 실험이라고 불리기
때문에 실험으로써 영속적인 위치를 점합니다. 그
영역을 비유추의 계라고 부르는 집단이 있습니다.
집단은 집단으로 구성되었지만 웃음도 울음도 파도와
같이 취급하며 추락 이후의 도약에 대한 연구로
정신에 대한 반정신으로 생성에 기여합니다. 이렇게
우리는 우리에 대한 의심에 흡수되었습니다. 의심받지
않는 의심처럼. 가득 찬 저고들 사이에서 단 하나의
거짓 저고가 발견됩니다.

저고는 저고를 지킨다.
저고는 저고 이외의 것에서부터 저고로 단단해진다.

우리는 우리를 ~~의심하는~~ 저고라고 여겼습니다.
의심이 많을수록 의심이 없는 의심까지도 의심의
영역에 속하게 된다는 것을 다시 확인했습니다. 우리
중의 가장 우리가 우리에게 묻기 시작합니다. *저고는*
저고에 대한 사랑인가요. 사랑이라는 관념은 우리에게
심각한 재난과 같았습니다. 그렇다면 영혼은
사랑인가. 이렇게. 멀리 나아갈 수도 있을 테니까요.

저고는 웃지 않습니다. 저고는 울지도 않습니다.
저고는 소리의 집합체로 만들어진 단단한
침묵입니다. 그것은 우리가 간절히 우리를 원할 때
멀어지고 우리가 끝끝내 우리를 외면하는 순간 다시
태어납니다. 저고. 저고는 저고를 지키며 저고와
저고에 대한 저고의 저고 이후에 속합니다. 그렇게
커다란 소음과 저고 ver. 509의 저고체를 끊임없이
삭제하는 저고 ver. 989는 동시에 시행되었습니다.
의심이 많아 의심을 의심으로 인식하지 못하는
파동입니다.

무의미한 저고체 속에 불쑥 어떤 단어들이 등장하곤
합니다. 반지, 구름, 껌, 지갑같이 실제 사용되는
언어입니다. 우리는 ver. 509와 ver. 989 사이에
온전한 단어를 걸러내는 새로운 실험기가 필요하다는
결론을 내립니다. 혹자는 그 단어들을 모아 무의미의
사전을 편찬하려고 합니다. 우리는 저고가 만들어내는
*침묵*과 *침묵 아닌 것* 사이의 음절 속에서 어떤 현상을
통해 단어들이 생성되는지 패턴을 연구하고자
하였습니다.

어떤 이계에서 수백 년 전 무전으로 보낸 신호와
같이. 지직거리는 소리들 속에서 우리는 이해할 수
없는 도무지를 이해 속으로 끌어 올리고자 하였던
것 같습니다. 그 이해들이 모여 하나의 동력이 되고
그 동력이 모여 끝내 영혼으로 치환될 것이라고.
우리는 우리의 실종을 우리의 사랑과 같다고 느끼기
시작합니다. 그런 것이 가능하다면.

전부 소진될 때까지.
소진되고 난 이후 소진된 것이 다시 소진될 때까지.
몇 번이고 구체 속 소리들을 되짚어가며.

실종된 우리는 실종되지 않은 우리 안에서
발생합니다. 저고를 향한 관심은 저고 이후로
분화되면서 점점 뒤틀리기 시작합니다. 유사 저고들이
생겨납니다. 우리는 우리의 방향에 대해 의문을
갖게 되었습니다. 청각에 대한 실험을 통해 영혼에
가닿는다는 너무나도 진부한 초석을 다시 생각해야
한다는 생각이 도래하겠지요. 그러나 저고는 끝도
없습니다. 영혼에 가닿는 불가해를 영혼으로부터 시작해
되짚어 나가야 한다. 이것은 우리가 사라진 다음 우리에
대해 기록된 일부입니다.

유진목 시인

나에게 시는 언제나

단 한 장면입니다.

○

사진 손문상
대화 전은재

유진목. 1981년 서울에서 태어났다. 2012년 1인 제작사
'목년사'를 만들어 뮤직비디오를 제작하고 단편영화를
연출했다. 2015년 '문학과 최송사'에서 시집 『강릉 하슬라
블라디보스토크』를 냈다. 2016년 시집 『연애의 책』이 출간되었다.

내가 절대로 알 수 없는 감각을 생각합니다.
내가 아닌 다른 존재를 생각합니다. 시를 쓰면서
내가 아무리 생각해도 알 수 없는 것들을 호명하고
싶어요. 어떤 말을 건네야 할지 몰라서 시를
열심히 쓰고 있는 건지도 모릅니다.

○

　　　　요즘 어떻게 지내세요? 시인님의 하루 혹은
일상이 궁금합니다.

여름에는 바다에 나가 수영을 하고, 겨울에는
쓰러진 나무를 찾으러 다닙니다. 나무를 쪼개
난로에 넣고 태우면 겨울을 날 수 있습니다. 그 사이
새로 준비하는 시집과 산문집에 들어갈 글을 쓰고
있습니다. 매일 규칙적으로 산문을 쓰고, 밥을 먹고,
잠을 잡니다. 시는 매일 쓰지 않으려고 합니다.

○

'시인은 탄광의 카나리아'라고 합니다.
감정의 깊이는 너무도 경이롭고 그래서 곤욕스럽기도
합니다. 시인은 일상의 작은 부분을 세세하게
바라보기에 감정적인 피곤함이 상당할 것 같아요.
그럴 때는 어떻게 하시나요? 가장 먼저, 가장 오래
아픔을 앓는 시인으로서 요즘 나를 가장 아프게
하는 것은 무엇인가요?

유진목 시인
시인, 목소리

118

○

　　감정을 늘 사용하지 않습니다. 대부분 무심하게
있으려고 합니다. 그렇게 하려고 오랜 시간 연습하기도
했습니다. 원래는 분노가 많은 사람이었거든요.
시에도 썼지만 작은 일에도 노여워하는 사람이었습니다.
그래서 매사에 살아가는 일이 힘들었어요. 작은 일이
나에게는 작은 일이 아니게 되는 것, 그래서 혼자서
그것을 붙들고 멈춰 있는 것이 싫었습니다. 계속해서
그런 방식으로 세상에 반응하다가는 내가 내 삶을
다 망쳐버릴 것만 같아서 멈춰야 한다고 생각했습니다.
되도록 무심하게 지나치고 무심하게 대하면서
시간을 보내려고 합니다. 그럴 때는 생각도 멈춰
있습니다. 되도록 판단하는 것도 하지 않습니다.
일상을 살아가면서 대체로 슬픔과 기쁨의 중간 즈음에
있습니다. 혼자 있을 때는 슬픔에 더 많이 반응하지만
사랑하는 이와 함께 있을 때는 기쁨에 더 많이
반응하려고 합니다. 글을 쓸 때는 주로 감정을 만드는
일에 집중합니다. 내가 쓴 글을 반복적으로 읽으면서
나에게서 어떤 감정들이 생겨나는지를 지켜보는데,
그 일을 다 하고 나면 몹시 지친다는 기분이 듭니다.
그럴 때는 영화나 책, 창문을 봅니다. 내가 무엇을
만들지 않을 때는 다른 사람이 만든 것에 기대를 품는
것을 좋아합니다. 밖에 나가서 돌아다니기도 하고요.

사람들의 대화를 유심히 들으면서 이런저런 상상을
하기도 합니다. 내가 들은 대화의 전후를 생각하면서
그 사람을 주인공으로 이야기를 만드는 걸 좋아해요.
그러다 다시 나에게로 돌아올 마음이 생기면 그 사이
떠올린 것들과 메모해둔 것들을 보면서 글을 씁니다.
혼자 있을 때는 갑작스러운 사고나 이별로 더이상 함께
살아갈 수 없게 되어버린 사람들의 삶을 생각합니다.
언제나 그랬습니다.

○

　　시인에게 무엇이 있어야 시를 쓸 수 있을까요?
또는 무엇이 없어야 시를 쓸 수 있을까요?

○

　　평소와 다르게 말하고 싶어서 나는 시를 씁니다.
매일 하는 말이 아닌 다른 말로 말하고 싶어서 시를
씁니다. 내가 가진 수많은 욕망들 중에서 가장 이상한
욕망이라고 생각합니다. 배가 고프다는 말, 기분이
좋다는 말, 슬프다는 말, 죽고 싶다는 말을 다르게 하고
싶다는 강한 욕망이 있습니다. 다르게 말하고 싶다는
것은 있는 그대로 말하고 싶지 않다는 뜻입니다.
혹은 그렇게는 절대로 말할 수 없어서 다른 말을
찾는 것일 수도 있습니다. 내가 하고 싶은 말의 가장
적합한 형식을 찾으면 안심이 됩니다. 이렇게 말하면
되겠다는 알맞은 기분을 느낍니다. 그때는 그것에 대해
정말로 말할 수 있게 됩니다. 한 편의 시를 쓰고 나면
할 말을 했다는 생각에 복작거리던 속도 가라앉고
가만히 있을 수 있게 됩니다. 그래서인지 매번
정확하게 말하는 시를 쓰려고 합니다. 다르게 말을
하면서도 분명하게 말을 해서 그것을 읽는 사람이
잘 알 수 있도록 하려고 합니다. 그것이 내가 지금 쓰는
시의 모습이라고 생각합니다.

───
유진목 시인
시인, 목소리

122

○

강남역 '묻지 마 살인사건'에서 시작해 예술계 내
성폭력 사건까지……. 여성으로 살아간다는 게
무엇인지 고민하고 분노할 수밖에 없는 시간입니다.
지금, 우리에게 어떤 언어가 필요할까요?

○

　　지금 나에게 필요한 것은 거절하는 말입니다.
나는 그것을 원하지 않습니다, 하고 그 어느 때보다
분명하게 말하려고 합니다. 나에게 필요한 것이
우리에게 필요하다는 믿음은 우리가 함께 폭력을
견디며 살아왔기 때문이라고 생각합니다. 위계, 차별,
혐오에 대해서 끊임없이 거절해야 합니다. 그리고
그것을 거절했을 때 따라오는 폭력적인 반응과도
싸워야 합니다. 거절하는 말을 하는 것은 매번
두렵습니다. 그래서 말할 때보다 말하지 않을 때가
더 많습니다. 위계, 차별, 혐오에 맞서 말하지 않는
것은 그것을 받아들이는 것과 마찬가지입니다.
내가 두려움 때문에 입을 다물 때마다 생각합니다.
나는 지금 그것을 받아들이는 거라고 말입니다.
그리고 그것에 맞서 말하는 사람들을 생각합니다.
그들로 인해 바뀌고 있는 것들을 누리고 있는
내 자신을 생각합니다. 부끄러움이 두려움보다
커질 때 나는 다시 말할 수 있게 됩니다.

───
유진목 시인
시인, 목소리

○

　　시를 공부하는 학생들이 꼭 '공부'했으면 하는
시나 시인이 있으세요? 본인의 시를 통해 독자들이
어떤 질문을 품기를 바라세요? 그리고 사람들의
마음속에 어떤 시인으로 기억되고 싶으세요?

장정일의 시집 『햄버거에 대한 명상』을
좋아합니다. 「강정 간다」라는 긴 시가 있는데,
가만히 읽고 있으면 꿈을 꾸는 것처럼 아득해집니다.
'알고보면 사람들은 모두 강정 가고 있는 것은 아닌가'
하고 속으로 읊조리면 세상 어지러운 모든 게 이해가
가는 것 같고요. 무언가를 결정해야 할 때는 '좀더
기다렸다 외삼촌이 돌아오는 걸 보고서' 하고 짐짓
결정적인 것을 기다리는 체했습니다. 나한테는
돌아올 외삼촌이 없는데도요. 스무 살 언저리에
그 시를 읽은 뒤로는 사람들이 강정으로 떠나고
없는 골목에 우두커니 남은 사람처럼 살아왔습니다.
이유는 모르겠어요. 그런 마음은 누굴 해치지도
않고 원망하지도 않고 그저 내 삶을 받아들이게
하는 것이었습니다. 달라진 게 있다면, 지금은 내가
강정으로 떠나온 것은 아닌가 하고 생각해보곤 해요.

유진목 시인
시인, 목소리

126

오규원의 시집 『사랑의 감옥』과 이승훈의 시집
『너라는 환상』도 좋아합니다. 다만 일상적으로
시집을 가까이 두고 읽지는 않습니다. 아주 조금만
읽고 분석하지도 않습니다. 직관적으로 오는 것을
받아들이고 보이지 않는 것은 보이지 않는 대로
놓아둡니다. 시를 쓸 때 떠올리는 것은 당연하게도
나의 생각과 감정입니다. 처음에는 아주 복잡하고
모호한데 그것을 문장으로 쓰면서 단순하고 분명하게
만들려고 합니다. 이것은 내가 지금 쓰려는 시들에
아주 잘 맞는 방식입니다. 언젠가 지금과는
다른 시를 쓰고 싶어진다면 그때는 그에 맞는 방법을
찾을 겁니다. 사람들의 마음속에 나의 자리가
생긴다면 한 편의 시로 남길 바랍니다. 내 마음속의
시인들도 보면 한 편의 시로 아득히 남아 있습니다.

시나리오를 쓰고 영화도 만든다고 들었습니다.
그래서일까요. 시가 어떤 장면scene을 보여주는
듯합니다. 한 인터뷰에서 "영화와 시가 어느 한쪽에
영향을 끼친다기보다 서로 간섭하는 형국"이라고
하셨는데요. 어떤 식으로 '서로 간섭'하는지
궁금합니다.

유진목 시인

시인, 목소리

○

나에게 시는 언제나 단 한 장면입니다.
두 장면도 아니고 세 장면도 아니고 단 한 장면입니다.
시를 쓸 때도 그 한 장면을 만들기 위해 집중합니다.
여러 문장이 단 하나의 장면을 만들도록 하는 겁니다.
장편 시나리오를 쓰는 일은 단 한 장면에서 출발해
아주 많은 장면들을 연결시키는 것입니다.
시든 영화든 나에게서 출발하는 것이기 때문에
둘 다 나의 영향 아래 있습니다.

유진목 시인

시인, 목소리

새로운 등단 방식이 화제가 되었습니다. 하지만 '등단' 이전에도 시인이었고, 시집을 출간하셨지요. 등단 이전의 시인 유진목과 등단 이후의 시인 유진목, 시집『강릉 하슬라 블라디보스토크』와 시집『연애의 책』의 결은 어떻게 다른가요?

유진목 시인

시인, 목소리

○

　　『연애의 책』은 각각의 시들 사이에서 우연히
발생하는 서사를 따라가며 쓴 책입니다. 『강릉 하슬라
블라디보스토크』에 실린 시들 가운데 스물다섯 편을
고른 뒤 서사가 생겨나는 방향으로 순서를 배치하고,
그 사이에 필요한 시들을 채워가는 방식으로 썼습니다.
출간이 결정된 뒤 5개월 정도 집중적으로 매달려
쓴 것 같습니다. 마지막에 교정지를 보면서도 시를
더 썼거든요. 편집장님께 시를 몇 편 더 보내도
되겠느냐고 두어 차례 여쭤보았는데, 그때마다
수락하셔서 쓰는 대로 계속 보냈습니다. 그때는 시간이
주어진다면 언제까지나 계속해서 더 써낼 수 있을 것
같은 상태였는데, 출간 일정상 더는 지체할 수 없어
마무리를 지었습니다. 지금 생각해보면 너무 아찔한 게
조판이 끝난 뒤에도 시들을 계속 보낸 거라서요.
책을 만드시는 분들이 고생이 많으셨을 겁니다.
아무리 말해도 모자라기에 이 자리를 빌려서도
말씀드리고 싶습니다. 정말 고맙습니다.
　　『강릉 하슬라 블라디보스토크』는 『연애의 책』처럼
전략을 가지고 묶은 시집은 아닙니다. 스무 살 때부터
써온 시들이 있었기 때문에 어떤 시들을 넣고 어떤
시들을 넣지 않을 것인지를 결정했습니다. 시집 제목을
고민하다가 언젠가 썼던 단편 시나리오의 제목이

생각나 그대로 붙여야겠다고 생각했습니다.

〈강릉 하슬라 블라디보스토크〉는 각각의 세 지명을
제목으로 하는 옴니버스 형식의 영화였습니다.
시집의 부를 나눈 형식도 거기서 형식을 빌려왔다고
할 수 있습니다. 책을 만드는 동안에 영화사 사무실에
출근하고 있어서 정신이 없었습니다. 아침 10시에
출근해 새벽 4시에 퇴근하곤 했습니다. 너무 피곤해서
원고를 들여다볼 여력조차 없었습니다. 책이 그냥
저절로 나왔으면 좋겠다고 생각하면서 지쳐 잠들곤
했습니다.

유진목 시인
시인, 목소리

○

　　'하늘이 무너진다'는 절망적인 상황 앞에서
흔히 쓰는 표현입니다. 그래서인지 '천장이 무너진다'
(「사이렌의 여름」), '천장이 무너지는 줄 알았다'
(한겨레, 「혼자가 아니기 위하여」) 같은 문장은 낯설었지만
이내 구체적이면서도 정확한 표현이라는 생각이
들었습니다. 『연애의 책』을 펼치면 「신체의 방」으로
들어가서 「사랑의 방」으로 나오게 됩니다. 시인이
서 있는, '천장'이 있는 구체적인 공간은 '방'인 걸까요?
시인에게 '방 한 칸'은 어떤 공간인가요?

방은 언제나 돌아와 머무는 곳입니다.
모두에게 그럴 겁니다. 어디에 있든 자신의 방으로
돌아가야 합니다. 그렇게 돌아와 방문을 닫으면
거기서 일어나는 일들은 나 말고는 아무도 모르게
되어버립니다. 나 말고는 아무도 모르게 되어버리는
일들이 슬퍼서 방에 한 사람이 더 있는 상상을
하곤 했습니다. 왜 실제로 사람을 들이지 않고
상상하느냐고 묻는다면, 글쎄요, 무턱대고 아무나
들일 수는 없기 때문이라고 할까요. 오랜 시간 방에
혼자 있으면서 두려움이 많아졌습니다. 혼자서
잘 있어야 한다는 말을 일기장에 적으면서 나 자신을
지켰습니다. 내가 아니면 나를 건사할 수 없다는
생각이 나의 모든 일상을 만들어갔습니다. 아플 때는
어떻게 할지, 나이가 들면 어떻게 생활을 꾸릴지를
세세하게 생각했습니다.

시인, 목소리 유진목 시인

시를 쓰고 시나리오를 쓰면서 한동안 다른 세계로 떠났다가도 다시 돌아오는 곳 역시 나의 방입니다. 내가 만든 다른 세계가 훨씬 좋다고 해서 그곳에 계속 머무를 수는 없는 노릇이기에 나의 방을 다시 돌아오고 싶은 곳으로 만들어야 했습니다. 나의 방이 무너지면 나도 무너지곤 했으니까요. 다시 돌아왔을 때 잘 있기 위해서 청소를 하고, 깨끗한 이불을 펼치고, 부엌에는 먹을 것을 두었습니다.

시인님의 이름에서 '목木'은 나무를 뜻하는 것
같습니다. 시에도 종종 나무가 등장하고요. 벚꽃나무,
자작나무, 미선나무, 종려나무, 남천나무…….
목련에서 이름을 따온 '목년사'에서 영화를 만들고
계시고요. 나무는 시인과 어떻게 감응하는지,
어떤 감각을 촉발하는 존재인지 궁금합니다.

유진목 시인
시인, 목소리

○

　　　요즘은 나무를 주제로 연작시를 쓰고 있습니다. 나무와 어떻게 감응하는지, 나무가 나에게 어떤 존재인지 설명할 수는 없습니다. 지금 쓰고 있는 시들이 모이면 그때는 조금이나마 이야기할 수도 있을 거라고 생각합니다. 나무에 대해 쓰는 동안에는 계속해서 나무들을 봅니다. 나무는 어디에나 있고 가까이 다가가서 볼 수 있습니다. 그때 생겨나는 감정과 생각들을 씁니다.

○

　　시인이 쓴 이력에서 '사는 동안 많이 읽은
책'을 생각하면 '김승옥의 어느 소설에서 여자의 삶은
어딘지 다르게 흘러가는 것이 아닌가 생각하며
대문 앞을 곰곰이 서성이던 남자'가 떠오른다고
하셨어요. 「소설」이라는 시의 문장이 떠올랐습니다.

　　다음 생애는 여자로 와요 /
　　당신도 이걸 다 겪어봐야 알지 /
　　나는 다시 안 올 거야

　　시인의 시에서 '여자의 삶'은 어떻게 '다르게
흘러가는'지 궁금합니다. 또, 시나 시나리오에서
보여주고 싶은 '여자의 삶'이 있다면 어떤 삶,
어떤 이야기일지 궁금하고요.

시인, 목소리 　 유진목 시인

○

　　　나는 여성의 몸으로 태어났기 때문에 남성의
성기가 없습니다. 좀 갑작스러운 이야기일 수도
있는데, 정말로 그렇습니다. 내 몸에 남성의 성기가
있다면 어떤 감각일까 종종 생각하곤 합니다. 그런데
아무리 생각해도 모르겠어요. 내가 사랑하는 남자에
대해서 어느 순간 다 안다는 생각이 들 때 나는 내가
모르는 것을 떠올립니다. 내가 절대로 알 수 없는
감각을 생각하는 겁니다. 이런 방식으로 나는 내가
아닌 다른 존재를 생각합니다. 나무로 한 자리에
서 있는 것은 어떤 감각일까. 물속에서 숨 쉬는 것은
어떤 감각일까. 새들은 언제 어디서 잠을 잘까.
이런 것들이 늘 궁금합니다. 보여주고 싶은 '여자의
삶'이 따로 있지 않습니다. 그런 것은 없다고
생각하는 편입니다. 나는 여성이지만 시를 쓸 때
여성만을 주체로 시를 쓰지 않습니다. 한 사람이
타인을 생각하는 방식에 대해서라면 끊임없이
보여주고 싶은 게 생겨납니다. 시를 쓰면서 내가
아무리 생각해도 알 수 없는 것들을 호명하고 싶어요.

●

　　　연애를 포기하는 시대에 『연애의 책』을 읽는 건
어떤 의미일까요? '혼술', '혼밥'이라는 단어가
유행하는 시대에 '혼자서 잘 있어야 한다고 일기에
적었'지만 '혼자 있기 싫어서'(혼자 있기 싫어서 잤다)
자는 이들에게 어떤 말을 건네고 싶으신지요.

시인, 목소리　유진목 시인

『연애의 책』을 읽다보면 자연스레 사랑에 대해
생각하고 있다는 분들을 많이 만났습니다. 사랑에 대해
생각해본 사람만이 사랑을 할 수 있다고 생각해요.
그러니까 사랑에 대해 생각해본 적이 없는 사람은 사랑을
할 수 없다고 생각합니다. 어떤 사람과 함께 하다보면
알게 될 때가 있거든요. 이 사람은 사랑에 대해 생각해본
적이 없구나 하고요. 그럴 때 내가 바꿀 수 있는 것은
없어요. 사랑에 대해 한 번쯤 생각해봐달라고 하는 것이
얼마나 소용이 없는 일인지 해본 사람은 알 거예요.
이상하죠. 사랑이 어느 날 갑자기 생겨나지 않는다는 게.
사랑을 하고 싶다면 시간을 들여 아주 구체적으로
상상해봐야 합니다. 내가 하고 싶은 사랑은 밥을 느리게
먹는다든가, 잠을 조용히 잔다든가, 씻을 때 노래를
부른다든가, 화가 나면 말을 적게 한다든가, 낮에는 햇빛
아래 오래 누워 있고, 밤에는 집을 어둡게 하는 거예요.
그러니까 이건 사랑의 모습이자 내 생활의 표정이기도
해요. 나의 생활은 밥을 빨리 먹었으면 좋겠다든가,
씻을 때는 좀 조용히 하라고 말할 필요가 없는 거예요.
이런 방식으로 나에게 주어진 삶을 부드럽고 편안하게
대하려고 합니다. 나에게 사랑은 집과 같아요. 사랑은
내가 머무르는 방이고, 어디에 있든 돌아오고 싶은
장소입니다. 거기에는 두 사람이 서로를 누리며 살고
있습니다.

○

『강릉 하슬라 블라디보스토크』뒤표지에는
"나는 너가 죽었으면 좋겠다"라고 쓰셨어요.
『연애의 책』에 실린 첫번째 시 「신체의 방」엔 이런
문장이 있습니다. "나는 당신을 죽일 거예요." '너'는
'당신'이 되었고, '죽었으면' 하는 바람은 죽이겠다는
다짐이 되었지요. 그 간극이 궁금합니다.

유진목 시인
시인, 목소리

○

"나는 너가 죽었으면 좋겠다"는 문장은 말 그대로
죽어버렸으면 하는 대상에게 하는 것입니다.
정말로 죽었으면 좋겠다고요. 진짜로 죽으라고요.
「신체의 방」에서 "나는 당신을 죽일 거예요" 하고
말하는 것은 그와는 완전히 다른 말입니다. 대상도
발화도 서로 연결되어 있지 않아요. 사랑을 예고하는
이에게 그렇게 말하는 것은 각오하라는 뜻도 있을 겁니다.
'사랑'이라는 말이 가진 연약한 감성을 부수고 싶은
마음이 있어요. 죽을 각오로 사랑하자는 건 절대
아니고요. 내가 사랑하더라도 감상에 빠지거나
약해지지 않겠다는 다짐을 스스로 하는 것이기도 합니다.
사람은 실수하고 잘못을 저지르고 나쁜 생각을 하는데
사랑한다고 다르지 않거든요. 그걸 사랑으로 이해하거나
덮지 않겠다는 뜻이에요. 사랑하기 때문에 더
엄격해지는 것. 정확하게 말하는 것. 약속을 지키는 것.
잘못을 인정하는 것. 그런 것들을 생각합니다.
타인과 관계를 맺는 것이기 때문에 반드시 필요한
것들입니다.

유진목 시인
시인, 목소리

사랑의 방   유진목

언젠가 몰래 신어 본 당신의 신발은
크고 딱딱하고 무거웠다

그날은 모두가 웃고 있었고
당신은 술병을 높이 들어올렸다
아무도 모르게 둘이서만
다른 곳으로 갈 수도 있을 것이다
헝클어진 신발들 틈에서
나는 당신의 신발을 한눈에 알아본다

어느 날은 당신이 불쑥 내 방으로 들어오기도 한다
그냥 오기 뭐해서 귤 한 봉지를 손목에 걸고

나는 잠에서 막 깨어나
입안 가득 고인 침을 삼킨다

현관에 가지런히 벗어둔 당신
신발을 숨기려다 그냥 두었다

우리는 귤을 다 먹도록 말이 없다

그거 알지
이제 몸을 움직이면 당신 소리가 난다

언젠가 몰래 신어본 신발처럼
크고 딱딱하고 무거운 당신

그리고 당신은 노랗고 시큼한 맛이 나

우리는 좁은 방 안에서 귤 냄새를 풍기며
오래도록 누워 있다

시는 움직임입니다. 고정점이 아니라 움직이는 점.
일상이기도 하고 극지이기도 하겠지요. '외밀성'이라는
개념을 떠올립니다. '외부外部'의 외外와 내밀內密의 밀,
표면과 이면의 경계가 너무 미묘해서 가를 수 없는 상태.
제가 바라보는 시는 그것이에요.

이은규 시인

○

모든 것에

질문하는 사람

● 대화 윤동희
● 사진 김은수, 전은재

이은규 1978년 서울에서 태어났다.
2006년 《국제신문》, 2008년 《동아일보》 신춘문예로 등단했다.
시집으로 『다정한 호칭』이 있다.

요즘 어떻게 지내세요? 시인님의 하루 혹은
일상이 궁금합니다.

이은규 시인

시인、목소리

일상은 단조롭기 그지없지요. 아침저녁으로
운동을 하고 학교에 출근하여 강의 및 업무 등을
보는 게 중심입니다. 그러는 사이사이 사회의 모순에
분기탱천하기도 하고요. 방학 기간을 이용하여
학기 중 미뤄놓았던 일들을 하나둘씩 진행하다가
가까이 혹은, 멀리 여행을 다녀오기도 합니다.
정리하면 제 나름대로의 읽고 쓰고 말하기 등을 하며
살아가고 있습니다.

'시인은 탄광의 카나리아'라고 합니다.
감정의 깊이는 너무도 경이롭고 그래서 곤욕스럽기도
합니다. 시인은 일상의 작은 부분을 세세하게
바라보기에 감정적인 피곤함이 상당할 것 같아요.
그럴 때는 어떻게 하시나요? 가장 먼저, 가장 오래
아픔을 앓는 시인으로서 요즘 나를 가장 아프게
하는 것은 무엇인가요?

이은규 시인
시인, 목소리

문득 조너선 사프란 포어의 『엄청나게 시끄럽고
믿을 수 없게 가까운』이라는 소설이 떠오르네요.
과거에는 사적인 슬픔만이 가까이에 있다고 생각했고,
타인의 고통과 관련된 슬픔은 멀리 있다고 생각했던 것
같아요. 그런데 요즈음에는 그런 경계가 모호해져서
이런저런 상황에서 문득 마음이 아픈데, 그 감정
자체를 어떻게 받아들여야 하는지 혼란스러울 때가
종종 있어요. 그런데 그런 혼란이 꼭 부정적인 것은
아니라서 다행이라고 생각합니다.

○

　시인에게 무엇이 있어야 시를 쓸 수 있을까요?
또는 무엇이 없어야 시를 쓸 수 있을까요?

저의 시 「차갑게 타오르는」에는 다음과 같은 구절이 나옵니다. "희망이 가장 먼저 죽는다는 말을 의심해보기로 한다." 이 구절에는 희망의 두 속성에 대한 고민이 담겨 있어요. 희망은 가장 먼저 사라지기도 하고, 가장 나중까지 사라지지 않기 때문입니다. 생각해보면, 한 희망이 다른 희망으로 이어지는 게 아닐까 해요. 말장난같이 들릴 수도 있지만 '희망을 희망하다'라는 문장을 자주 떠올려요. 희망이 있어서, 혹은 희망이 없어서 시를 쓰는 것 같아요.

◯

　강남역 '묻지 마 살인사건'에서 시작해 예술계 내
성폭력 사건까지……. 여성으로 살아간다는 게
무엇인지 고민하고 분노할 수밖에 없는 시간입니다.
지금, 우리에게 어떤 언어가 필요할까요?

시인 ‧ 목소리 ｜ 이은규 시인

○

　　신동엽 시인은 「좋은 언어」라는 시에서 다음과
같이 말하고 있잖아요.

　　하잘것없는 일로 지난 날
　　언어言語들을 고되게
　　부려만 먹었군요.

　　때는 와요.
　　우리들이 조용히 눈으로만
　　이야기할 때

　　하지만
　　그때까진
　　좋은 언어言語로 이 세상을
　　채워야 해요.

　　좋은 언어에 대해 설명하는 일은 참 어렵겠지요.
함부로 정의 내려서도 안 되고요. 그럼에도 불구하고
문학의 '좋은 언어'에 대한 발명은 계속되어야 하는 것
같습니다.

　　　시를 공부하는 학생들이 꼭 '공부'했으면 하는
시나 시인이 있으세요? 본인의 시를 통해 독자들이
어떤 질문을 품기를 바라세요? 그리고 사람들의
마음속에 어떤 시인으로 기억되고 싶으세요?

○

　　다른 것보다 질문에 관해 답하고 싶어요. 새삼
시와 혁명에 대한 이야기가 필요하다는 생각이 듭니다.
시인과 혁명가는 불가능한 것을 꿈꾸는 주체들이기
때문에 동료적 연대감을 가질 수밖에 없지 않을까요.
위대한 문학은 언제나 한 인간으로부터 한 세계에
대한 사유를 이끌어내는 것 같습니다. 그들은 시와
혁명에 대해 누구보다도 치열한 사유를 보여주잖아요.
무엇보다 불가능성의 가능성을 믿는 태도에 대해
질문을 멈추지 않았으면 좋겠습니다.

등단 무렵 시인 특유의 '활달한 상상력'에
주목한 분들이 많았습니다. 그런데 의외로 적지 않은
시간 동안 활동을 자제한 듯한 느낌이었습니다.
시집 『다정한 호칭』을 편집한 김민정 시인에
따르자면 "그사이 시인은 번잡함을 멀리하고
보이는 것에 즉각적으로 반응하지 않은 채 잠잠했다.
그가 몰입한 것은 '듣는 일'이었다"고 말했는데요.
그 고요한 시간은 의도하신 건가요? 그 시간에
어떤 준비를 하셨나요?

이은규 시인
시인, 목소리

여러 가지 요인이 있었어요. 우리 삶의 국면들이
그렇듯이 우연적인 부분도 있지만 필연적인 요인이
강했습니다. 등단 전부터 읽고 쓰기, 학교에 다니는 것
말고는 잘하는 것도 잘하고 싶은 것도 많지 않았어요.
그건 지금도 마찬가지예요. 가끔은 이 두 가지만을
생각하며 살아가도 조금은 버거울 때가 있으니까,
다른 건 엄두도 내기 어렵다고 말씀드리는 게
맞을 듯해요. 다행스럽게도 학교라는 곳에 오래 머물며
지내고 있으니 좋지요.

좀더 자세히 설명하면 등단 직후 대학원에
진학해서 여러 가지 활동을 하기 힘들었어요.
만약 계기가 마련되어 할 수 있는 여건이었다고 해도
문단 활동이 저와는 멀리 있는 느낌이었어요. 지금도
그런 면이 있고요. 무엇보다 저는 텍스트주의자예요.
그저 읽고 쓰는 게 좋은. 많은 분들이 보기에 공백의
시간처럼 보였겠지만, 저는 무심히 똑같은 일상을
살아가고 있습니다. 읽고 생각하고 쓰는 걸 좋아하는
모습 그대로요. 그러한 의미에서 나와 세상이 하는
말들을 듣는 데 집중했다고 할 수 있습니다.

시 곳곳에 따뜻함과 애틋함의 미학이
느껴집니다. 세상의 무엇도 허투루 바라보지 않고
'다정하게' 이름을 불러주는 시인의 마음은 어디에서
기원하는 걸까요? 저에게 그 애틋함은 어마어마한
슬픔 혹은 절망의 끝을 거친 후 생겨나는 마음으로
여겨집니다.

이은규 시인
시인, 목소리

◯

질문의 내용처럼 저에게 슬픔과 다정은 생의
이면과 표면이라고 생각하면 알맞아요. 관련해서
생애 첫 이미지를 떠올려보면 궁금증이 풀릴지도
모르겠습니다. 대여섯 살 무렵 해가 지는 풍경이었어요.
노을이 길게 지면서 완전히 어두워지는 대기를
바라보았던 그 첫 이미지가 오래 기억에 남아 있습니다.
해가 저무는 과정을 바라보며 잔해처럼 남은 빛마저
완전히 어두워지던 모습이었어요. 우리에게는 모두
이러한 '첫' 이미지가 자리합니다.

어쩌면 '다정한 호칭'에 천착한 것은 '다정한
호칭'의 이면을 이야기하기 위해서였어요. 존재는
사라지고 호칭은 길게 남는 것, 해는 사라졌는데 노을이
길게 남았던 그날의 이미지처럼. 남아 있는 것의 힘이
더 크다는 것, 그리고 그걸 지켜봐야 하는 시간이
더 길다는 것을 말하기 위해서 말입니다. 많은 분들이
공감하실 텐데, 저마다 기억하고 있는 강렬한 하나의
이미지가 삶에 큰 영향을 미치잖아요. 결국 시집
『다정한 호칭』은 존재의 시간의식이나 관계에 대한
고민들로 조용히 붐비고 있는 것 같습니다.

○

　　『다정한 호칭』에서의 '다정함'이 우리가 생각하는
다정함이 아니라고 인식하고 시를 다시 읽으면
좋겠네요. 그럼에도 독자들이 이은규의 시를 읽고
나서 한 가지 감정으로 남아야 한다면 어떤 감정이
좋을까요?

이은규 시인
시인, 목소리

○

　　저는 텍스트주의자라서 독자의 자유로운 해석을
원하고 응원해요. 이해하면서 읽는 것은 모두 언제나
일종의 재생이며 해석입니다. 이해하고 공감한다는 것은
언제나 일종의 재생이며 해석이잖아요. 강조, 율동적
분절은 완전한 침묵의 독서에도 있기 마련이니까요.
상황이 그러할 때 독자는 자신에게 제기되는 요청과
자신이 이해하는 바를 온전히 경험할 수 있어요.
독자가 이해한 것은 단지 다른 사람의 견해가 아니라
그 자체가 이미 잠재적 진리에 가깝지 않을까요.

　　정리하면 각자 저마다의 입장에서 다채로운
감정을 느낀다면 바랄 게 없습니다. 예를 들어
제 시집에 「아홉 가지 기분」이라는 시가 있습니다.
아홉 가지 기분은 일종의 프랙탈이에요. 우주의 결정인
눈송이의 프랙탈 혹은 오랜 물결이 새겨져 있는
조개껍데기의 프랙탈처럼 정서 역시 다양한 층위잖아요.
슬픔을 생각하면 어릴 적 노을 이미지도 떠오르지만,
언젠가 보았던 투명한 여름 또는 막막한 설원이
그려질 수도 있습니다. 슬픔만큼 투명한 것은 없어요.
어쩌면 투명에 가까운 그 무엇을 우리는 가까스로
슬픔이라고 부르는 것일지도 모르고요.

이은규 시인
—
시인, 목소리

문학동네시인선 018 **이은규** 시
집 **다정한 호칭**

사전적 의미의 '다정함'이 아니듯이 고정된
의미의 '투명함'은 아니겠네요. 시인님의 시는 결국
층, 겹, 레이어…… 수많은 것들이 분절되어 있지만
우리가 볼 때는 하나로 느껴지는 것을 다시 보게
해주세요. '자세히 보세요. 세상의 모든 것들이
겹겹이 쌓여 있어요'라고 얘기하세요. 자연의 각각의
풍경, 풍경을 쓰다듬는 바람…… 시인님의 시는
우리가 주목하게 되는 풍경의 물질성이나 현상보다
풍경의 사이, 이른바 '허공'을 가르는 바람처럼
스쳐갑니다. "문득 있다가, 문득 없는 것들을 뭐라
불러야 하나"(「허공에 스민 적 없는 날개는 다스릴
바람이 없다」)처럼요. '바람'을 노래한다는 것, 그것이
이은규의 시적 행위인지 모르겠습니다. 바람은 자유를
상징합니다. 가득 차 있음보다 '비움'의 가치를 노래하는
이유가 있으세요? 사실 대부분의 사람들은 비워져
있음에, 존재하지 않음을 두려워하거든요.

이은규 시인
시인·목소리

‘비움’의 가치를 말씀해주셨는데, 만약 종교적인 방향으로 삶의 축이 기울었다면 구도자가 되었을지도 몰라요. 인간이라는 존재는 때로 어떤 부분에서 굉장히 극단적입니다. 삶이라는 과정에서 무언가를 이루고자 하는, 나를 완성시키고자 하는 욕망이 있잖아요. 그에 비례할 만큼 아무것에도 의미를 부여하지 않으려는 측면도 자리합니다. 언뜻 보면 우리는 욕망이 하나도 없어 보이지만, 사실은 강한 욕망이 내재된 존재가 아닐까 해요. 그러다 보니 늘 고민이 찾아오는데 정답은 없지요. 고민하는 과정이 즐겁기도 힘들기도 한데 결과에 따라 소급 적용되는 측면이 있습니다.

시간의식과 관련해서 ‘사이’를 중요시해요. 저의 창작 화두이자 박사 논문 주제이기도 합니다. 존재와 존재 ‘사이’, 세계와 세계 ‘사이’ 등등. 바람 역시 무엇과 무엇 ‘사이’를 관통하는 공기의 흐름이잖아요. 박용래 시인의 시 구절에 보면 살구바람이라는 표현이 나오지요. 살구가 열리는 절기에는 살구향이 나는 바람이 불어온다는 내용입니다. 살구가 본질이라면 바람은 그것을 드러내는 매개체인데, 어떤 측면에서 보면 바람이 더 중요하지요. 살구향을 멀리서 느끼기 위해서는 바람이 꼭 필요합니다. 한 존재에 대해서도 본질에 직접적으로 가닿을 수 없다는 자명한 사실이

있지요. 표정과 말 등등 파편적인 조각들을 통해
하나의 의미를 부여할 뿐이잖아요. 저에게 바람이란
그런 거예요. 바람은 모호하고 정체가 없는데,
'모호하다'라는 얘기를 듣는다 해도 여백이 있는 것을
좋아해요. 언뜻 여백인 것 같아도 행간에, 침묵에
진실이 담겨 있는 순간이 많습니다.

이은규 시인
시인, 목소리

시간과 시간 사이, 순간과 순간의 점멸을
말하는 일은 우리의 삶을 계속해서 어루만지고 있는
가장 미묘한 차이들을 가장 소중히 여기는 시인의
지향점을 인식하게 합니다. 시라는 것이 사람이 살 수
없는 '극지'의 산물이자 '극지' 그 자체(이성복)로
보는 견해도 있고, 지극히 평범한 일상을 담담하게
담아내는 시도 있습니다. 선생님의 시는 '어디'를
바라보고, '어디'에 서 있다고 생각하시나요?

이 질문을 오랫동안 생각하며 소중한 시간을
보내고 있어요. 방향성, 어디를 바라보고 있나, 어디에
서 있나…… 그곳은 여정이자 도착 지점인 것이잖아요.
그래서 생각하는 시간이 긴 것 같은데, 극지 그 자체로
보는 데 적극적으로 동의하면서도 표면과 이면을
생각하게 됩니다. 오래 전 우연한 기회에 '당신에게
시란 무엇인가'라는 질문이 주어졌는데 일상이
표면이라면, 시는 '이면'이라고 답했거든요. 표면 뒤
혹은 그 너머에 완전히 숨겨져 있는 것. 당시 저에게
시는 그런 모습으로 떠올려졌어요.

최근 들어서는 시도 움직이는 거라는 생각이
들어요. 고정점이 아니라 움직이는 점. 일상이기도 하고
극지이기도 하겠지요. 대면하고 싶지 않은 일상 혹은
극지이기도 한. 그래서 '외밀성'이라는 개념을 자주
떠올립니다. '외부外部'의 외外와 내밀內密의 밀, 표면과
이면의 경계가 너무 미묘해서 가를 수 없는 상태라고
하는 게 맞겠지요.

시인、목소리 | 이은규 시인

지금, 제가 바라보는 시는 그것이에요. 예를 들어
꽃무더기가 있는데 흰색과 분홍을 구분 지으려 해도
도저히 그 경계를 찾을 수 없는 상태라고 할까요.
흰색과 분홍이 너무도 밀접하지만 너무도 달라서……

　　　이런 내용들은 앞으로 제가 바라보고 싶은
시의 모습일 수도 있고, 시가 이런 모습이면 좋겠다는
바람일 수도 있어요. 도저히 구분할 수 없어서
무용하다 혹은 생각해도 소용없다는 식의 답은
아닙니다. 끊임없이 그 희미한 경계 안에서 질문하고
싶어요. 가능하다면 모든 것에 질문하는 사람으로
살 거예요. 우리가 때로 어떤 것을 설명하기 위해
이분법이라는 개념을 필요로 하지요. 제가 생각하기에
이분법은 A와 B 중 어느 하나가 정답이라는 사실을
알려주기 위함은 아니에요. 둘 사이에 무수히 많은
층위가 있다는 걸 그 구도 안에서 생각하게 하는 데
본래 목적이 있습니다.

질 들뢰즈의 '사건의 철학'이 생각납니다.
어떤 사건이 발생할 때 사람들은 사건의 원인(A)과
결과(B)를 보지만 사실 원인에서 결과까지 가는
시간이 곧 사건이다, 사람들은 A에서 B로 가는(go)
거라고 생각하지만 세상의 사건들이 나에게 오는
(become) 거라는 얘기 말이죠.

오래전 사건의 철학에 흥미를 가졌던 시간이
있었어요. 세상의 사건들이 한 존재에게 찾아온 것의
의미는 원인에서 결과까지 가는 모든 시간에서
찾는 것이 맞습니다. 나아가 우연과 필연 혹은
우연적 필연과 필연적 우연 등 생각해볼 여지가
많지요. 영화감독 타르코프스키는 '봉인된 시간'을
이야기하면서 그만의 영화 미학을 구현합니다.
그런 의미에서 시는 '봉인된 시간'이지만 언제든
어느 방향으로든 흩어져버릴 준비가 되어 있는
시간이라고 할까요. 아득해서 아득한.

마치 진공 상태처럼요.

이은규 시인

시인, 목소리

○

　　제가 표현하려고 한 것에 거의 가까워요. 일종의
진공상태인 것 같습니다. 시란 분명 삶을 뛰어넘는데
문학의 윤리라는 게 존재하니까요. 그럼에도 불구하고
보이지 않는 프레임 내의 풍경일 수도 있습니다.
완전히 그 프레임 속으로 들어가면 일종의 진공 상태에
놓이는데 그때 잠시 희미하게 첫 줄이 스치고
지나가는 듯해요. 그럼 얼기설기 시를 짓다가 갑자기
환하게 열리는 순간이 왔다가 이내 암전을 반복합니다.
언젠가는 지금보다 더 견고한 프레임을 마련하거나,
아무런 프레임도 갖지 않는 시간이 찾아오겠지요.

우리가 시인의 시를 다 읽은 후 '다정함이 아닌'
다정함을 통해 흔들리는 것처럼 말이죠.

그렇겠지요. 때로는 아름다움에 대한 정의보다도
'아름다움이란 무엇인가'라는 질문이 더 절실하듯이,
다정함 역시 질문하는 과정과 시간이 중요합니다.
문제로부터 자유로워져야 하는데, 이는 단지 문제를
해결하는 것만이 아니라 실망스러울 수밖에 없는
어떤 대답에 그 문제를 종속시키는 것이 아닐까요.
그와 같은 대답의 가장 귀중한 가르침은 바로 불가능성
자체일 수도 있습니다. 그런 문제와 마주하여 택할 수
있는 정확하고도 유일한 태도는 결국 거기에 무엇을
규정할 수 있는 가능성은 거의 없다는 것, 거기서
일어나는 드라마는 냉소적이건 심오하건 적절하지
않다는 것을 지지하는 것일 수도 있지요. 문제에 대한
올바른 해답의 사변적 기준은 미몽에서 깨어난
느낌이어야 하며, 존재는 그러한 느낌과 더불어
그것을 이해할 수 있을 것 같습니다.

학교에서 학생들을 가르치십니다. 수업마다
선생님과 시 얘기를 나눌 텐데요. 지금-여기 대학에
다니는 젊은 친구들은 어떤 사람들인가요? 그들에게
왜 시가 여전히 필요하다고 여기세요?

○

　　학교라는 공간에 머물기를 좋아하고, 모든 존재
중에 학생들(가르치는 것으로 배우는 저를 포함해서)이
좋으니 저는 행복한 사람이지요. 저는 예술지상주의자는
아닙니다. 그렇게 생각하기에는 세계란 다양성의
집합체라는 사실이 자명해요. 예술뿐만 아니라 정치,
경제, 사회, 문화 등 많은 분야에 관심을 갖고 있습니다.
그럼에도 불구하고 '왜 문학인가'라는 질문에 답을
드리고 싶어요. 예술지상주의자는 아니지만 문학이
할 수 있는 일이 줄어들거나 없어질 거라고 생각하지
않습니다. 문학의 특수성, 즉 문학만이 인간에게
복무하기 때문이에요. 제 생각에 그 사실은 명쾌해요.
다른 예술 장르도 인간에게 인식적·정서적·미적 가치
등을 선물하지요. 하지만 문학의 복무는 달라요.
문학은 일상이기도 하고 극지이기도 해서 인간이라는
존재에 복무하는 건 문학만이 할 수 있어요.
그 특수한 가치를 의심한 적이 없어요. 문학이
불가능한 시대의 문학이 더 진실에 가깝다고 생각할
정도로. 문학은 언제나 당면 과제를 고민하고
해결하려고 고군분투하는 몸짓을 보이기 때문에
오늘, 지금, 우리에게 의미 있어요.

수업 시간에도 작품을 텍스트화시키는 것에
거의 모든 시간을 할애해요. 시를 다시 새롭게
보자는 제안인데, 현실의 응전력을 발견하자는 것에
가깝습니다. 과거의 작품이더라도 기표를 읽어내는
방식, 행간, 기표와 기표의 충돌관계에서 오늘의 해석이
가능해져요. 가끔 학생들이 질문해요. 왜 새롭게
해석을 해야 하느냐고, 이미 완료된 사건 아니냐고요.
그럼 이렇게 대답을 들려주고는 해요. 지금 이 시를
읽고 있는 나를, 우리를 위해서 새롭게 읽어내야
한다고 말이지요. 현실에 맞서는 나를 위해서,
우리가 생각하는 문학의 힘을 위해 새롭게 읽어내야
한다는 점을 강조합니다. 김소월의 시를 읽는 것은
김소월을 위해서가 아니라 지금 그 시를 읽는 나를,
우리를 위해서라는 거예요. 김소월의 「왕십리」에
나오는 "가도 가도 왕십리"라는 구절은 끊임없는
유예를 노래하고 있고, 우리 역시 그 지점에 놓여
있기 때문입니다. 읽으며 쓰는 것으로, 불가능성의
가능성으로 마주하고 있는 것이지요.

이은규 시인

시인, 목소리

○

　　선생님은 어떠세요? 지금 가르치는 그들의
시간을 보내던 시절의 생각과 느낌이 지금도
이어지고 있나요? 그 시절의 고민이 여전히 시인으로
유효하신가요? 데카르트는 "모든 것을 의심하라"고
하였습니다. 선생님은 어떠세요? 선생님의 시는
모든 것을 의심하는 데서 시작하나요, 모든 것을
받아들이는 데서 시작하나요?

의심을 질문으로 바꾸어보고 싶어요.

우선적으로는 비판적으로 수용할 것, 최종적으로는
창조적으로 수용하자고 우리에게 말하고 싶습니다.
흥미롭지 않은 책도 마지막까지 읽어요. 지루한
영화도 끝까지 봐요. 낯선 음식도 자주 먹어봐요.
그리고 질문하고 생각하지요. 최근 윤동주의 「병원」을
연구했습니다. 시 속의 병원은 지금 어디 있고,
수많은 어떤 모습으로 서 있을까 등을 질문하고 답하는
방식으로. 그런 의미에서 해답이 중요한 게 아니라
질문하는 과정이 중요하다고 생각해요. 만약 그렇게
세상을 바라보지 않았다면 창작과 학업이 저에게
조금 버겁게 느껴졌을 거예요.

시인, 목소리 — 이은규 시인

학생들에게 굳이 이야기해야 한다면 이렇게
말하고 싶어요. 끊임없이 의심하고 질문해라, 마음껏
헤매라. 단, 여기에는 전제가 있어요. 자신에게
진실하다는 전제하에 스스로 잠정적인 결론을 내고
책임을 지는 겁니다. 그게 자기 윤리입니다.
"내가 예술에서 체험하고 이해한 모든 것이 삶에서
무위로 남게 하지 않으려면 나는 그것들에 대해
나 자신의 삶으로써 책임을 져야 한다"고 말했던
바흐친처럼 말이지요.

허공에 스민 적 없는 날개는   이은규
다스릴 바람이 없다

문득 놓치고, 알은 깨진다

깨지는 순간 혈흔의 기억을 풀어놓는 것들이 있다
점점의 붉음
어느 철학자는 그 흔적을
날개를 갖지 못한 새의 심장이 아닐까 물었다
이미 흔적인 몇 점의 혈흔에서 심장 소리를 듣다니
모든 가설은 시적일 수밖에 없고
시간은 어떻게 그 가설들로 추상을 견디길 요구할까
시적인 철학자의 귀는 밝고, 밝고

날개를 갖지 못한 알 속의 새는 새일까, 새의 지나간
후생後生일까

경계도 없이 수많은 가설들이 붐비고
깨져버린 알이나 지난봄처럼
문득 있다가, 문득 없는 것들을 뭐라 불러야 하나

깨진 알에서 혈흔의 기억을 보거나
혹은 가는 봄날의 등에 얼굴을 묻거나
없는 새에게서 심장 소리 들려올 때
없는 봄에게서 꽃의 목소리 들려올 때
그 시간을 살기 위해 견딤의 가설을 세우다
새가 되어보지 못한 저 알의 미지는 바람일 것
허공에 스민 적 없는 날개는 다스릴 바람이 없다
이음새가 없는 새의 몸
바람으로 머물던 흔적이 곧 몸이다
너무 멀리 날아가서 다스릴 수 없는 기억처럼
새, 바람이 되지 못한 것들의 배후는 허공이 알맞다

새의 심장이 보내온
먼 곳의 안부를 깨진 알의 혈흔에서 듣는다

관계나 인연은 사라지지 않고 계속해서 영향을
미치며 우리의 생에 엄연히 존재합니다.
내가 바뀌면 그 사람과의 과거도 재배열되죠.
그 사람을 새로 만나게 되고, 연애의 맥락도 달라져요.
사랑과 연애뿐만 아니라 어떤 인연과 장면에서도
늘 존재하지요.

이혜미 시인

○

너무 모릅니다.

우리는 우리의 마음을

대담 윤작인

사진 황정언

이혜미 2006년 《중앙일보》 신인문학상으로 등단했다.
건국대학교 국어국문학, 고려대학교 대학원을 졸업했다.
현재 고려대학교 대학원 박사 과정에 재학중이다.
시집 『보라의 바깥』(2011), 『뜻밖의 바닐라』(2016) 등이 있다.

○

　　요즘 어떻게 지내세요? 시인님의 하루 혹은
일상이 궁금합니다.

이 시인, 목소리 이혜미 시인

○

안녕하세요. 뜻 깊은 자리에 초대해주셔서
감사합니다. 2016년 10월에 시집 『뜻밖의 바닐라』를
출간하고 정신없는 연말과 연초를 보냈어요.
5년 만에 나온 두번째 시집이어서인지 좀더 애정이
가고 자꾸 들여다보게 되더라고요. 첫 시집 『보라의
바깥』이 저를 좋은 자리로 인도해주고 멋진 사람들을
만나게 해주었는데, 이번 시집은 또 저를 어디로
데려가줄지 궁금합니다. 당분간은 시집이 이끄는 대로
움직이려고 해요.

'시인은 탄광의 카나리아'라고 합니다.
감정의 깊이는 너무도 경이롭고 그래서 곤욕스럽기도
합니다. 시인은 일상의 작은 부분을 세세하게
바라보기에 감정적인 피곤함이 상당할 것 같아요.
그럴 때는 어떻게 하시나요? 가장 먼저, 가장 오래
아픔을 앓는 시인으로서 요즘 나를 가장 아프게
하는 것은 무엇인가요?

이혜미 시인
시인, 목소리

아무래도 관계나 마음에 대한 생각을 많이 하죠. 감정과 부딪침이 결국 세계와의 친교이니까요. 감정의 용광로에 손을 넣어 마음의 주물을 빚는 것이 시인의 일이라고 이야기해요. 의외로 사람은 자신의 마음을 모를 때가 많고, 어떤 감정을 어떤 그릇에 담아야 하는지를 몰라요. 그래서 이미 있는 단어와 관습에 자신의 감정을 맞추곤 하죠. 식탁에 오르는 그릇도 상황에 따라 다양한 모양과 넓이가 필요하잖아요. 크고 우묵한 국그릇이 필요하기도 하고 작은 간장 종지가 필요하기도 하죠. 마음의 쓰임새나 감정의 맥락에 따라 그것을 담는 여러 표현과 단어들이 있어야 해요. '기쁨'이나 '슬픔' 같은 보편적이고 거대한 틀 대신 상황과 지금에 딱 맞는 감정의 그릇들을 빚어내는 것이 시인의 일이죠. 그것은 섬세함과 과감한 용기가 함께 발휘되어야 하는 작업입니다.

요즘 제가 가장 고민하는 지점은 '서투른 예감들'입니다. 앞서 말씀드린 용기가 너무 과해 미리 마음의 지점에 다가서버리거나 지레 넘겨짚는 부분이 생기는 듯해요. 그래서 '안다'라거나 '알 것 같다'라는 말을 의도적으로 줄이고 있습니다. 그런 것들 때문에 마음을 미리 당겨서 겪는 것 같아서요. 예감으로 알 수 있는 지점 대신 뒤늦게 도착하는 여진을 보고 싶어요.

시인에게 무엇이 있어야 시를 쓸 수 있을까요?

또는 무엇이 없어야 시를 쓸 수 있을까요?

이혜미 시인

시인, 목소리

○

있어야 할 것은 용기이고 없어야 할 것은
비겁함이에요. 쓰려는 마음을 저어하게 만드는
여러 가지 방해물들을 그때마다 새로운 방식으로
넘어서기. 두려운 마음을 걷어내고 상황을 마주보기.
그런 것들이 용기의 범주에 들어가겠죠. 이러한 지점을
외면하고 어느 선에서 타협하는 것이 비겁함일 테고요.
시는 언제나 마음과 생각의 첨단을 달리는 장르이고,
그래서 지금 시를 쓰고 있는 모든 사람은 무녀리의
곤혹을 겪고 있고, 그들이 힘겹게 열어젖힌 문 틈으로
새로운 세계가 들어선다고 생각합니다. 앞서 말씀드린
주물과 그릇 같은 새로운 '감정의 형식'으로서요.

강남역 '묻지 마 살인사건'에서 시작해 예술계 내
성폭력 사건까지……. 여성으로 살아간다는 게
무엇인지 고민하고 분노할 수밖에 없는 시간입니다.
지금, 우리에게 어떤 언어가 필요할까요?

이혜미 시인
시인, 목소리

늘 하는 말이지만 절대 조현병이나 우발적 사건으로 포장할 일이 아니에요. 자신보다 약자인지 아닌지, 특히 여성인지 아닌지, 여성이라도 주위에 자신을 해할 수 있는 건장한 남자가 있는지, 주위에 보는 시선은 없는지, 저항하면 어떻게 해야 하는지 등을 세세히 따져보고 계획한 범죄입니다. '묻지 마 살인'이라는 말이 도리어 그러한 계획성을 희석시킨다고 생각해요.

여성혐오는 그 뿌리와 깊이와 넓이가 가늠할 수 없을 만큼 광대한 영역에 걸쳐 있어서 오히려 그것을 체감하지 못합니다. 한번 인식하는 순간 너무나 많은 혐오들이 무수하고 다양한 방식으로 여성을 둘러싸고 있음을 깨닫게 됩니다. "너는 예쁘니까 내가 지켜줘야 해"라는 문장이 얼마나 수많은 차별과 혐오를 담고 있는지를, "여성은 약하다, 그러나 엄마는 강하다" 같은 문장이 얼마나 야비하고 교묘하게 차별과 노동의 질서를 공고히 하는지를 포착할 수 있는 감수성이 필요합니다. 그렇기에 우리는 더욱 섬세하고 예민한 '프로 불편러'가 되어야 합니다. 무딘 감정과 범박한 인식에서 하루빨리 달아나야 해요. 이런 작업은 관습화된 시선과 통념을 거부하고 새로운 인식을 만들어간다는 점에서 시 쓰기와도 닮은 면이 있어요.

○

　　시를 공부하는 학생들이 꼭 '공부'했으면 하는
시나 시인이 있으세요? 본인의 시를 통해 독자들이
어떤 질문을 품기를 바라세요? 그리고 사람들의
마음속에 어떤 시인으로 기억되고 싶으세요?

시를 쓰기 전에 시라는 장르에 대한 충분한
'장르 체험'이 되어야 합니다. 다른 장르, 이를테면
영화나 사진, 회화의 수준을 느끼기 위해서는 해당
장르에 충분한 사전 체험이 있어야 하잖아요.
아, 이 작품은 어떤 맥락에서 이런 위치에 있구나,
혹은 이 장르에서는 이런 실험이나 시도가 굉장히
파격적인 것이구나, 하는 식으로 어느 정도 거시적
안목이 필요해요. 이 부분이 잘 되지 않은 채 무턱대고
시를 쓰면 자신이 '시'라고 생각하는 아주 일부분의
지점만 답습하고 말아요. 새로운 것을 쓰려면 새롭지
않은 것의 목록이 자신 안에 있어야 하고, 기존의 것을
위반하고 변주하고 뛰어넘는 것도 그것이 어디에
있는지를 알아야 가능합니다. 저는 예고 문예창작과에서
시를 쓰는 아이들을 가르치는데, 이러한 맥락으로
아이들에게 좋아하는 시인들만 찾아볼 게 아니라
다양한 시인들을 두루 접하고 읽을 것을 권해요.
　　가장 새롭고도 오래된 질문이 있다면 마음과
관계에 대한 측면이겠지요. 저 역시 제 시를 통해
계속해서 변화하는, 액체처럼 유동하고 휘발하고
결빙하는, 온갖 마음의 스펙트럼을 엿보고자 하는
욕심을 갖고 있습니다. 저의 프리즘을 통해 발휘된
색이기에 조금은 개인적일 수 있겠지만, 그 색 자체로

즐겨주었으면 하는 바람이 있어요. 첫번째 시집은
외로움이 승할 때 보면 좋겠다고 생각했고, 이번
시집은 연애를 시작하거나 끝내는 시점, 그러니까
마음이 뒤섞이고 휘몰아칠 때 펼치면 좋을 것 같아요.

시인, 목소리 이혜미 시인

2006년 만 18세에 「침몰하는 저녁」으로
'중앙신인문학상'을 수상하며 등단하셨습니다.
십대에 등단한 느낌은 '설렘'과 '부담' 가운데 어디에
가까웠을까요? 첫 등단 이후 약 10년이 지났는데,
십대에 쓴 시와 이십대에 쓴 시에 변화가 있을 텐데요.
그 변화가 궁금합니다. 소재의 선택이나 감정의
차이 등 말이죠.

○

시를 쓴 것은 중학교 때부터라 습작기는 나름
있었어요. 고등학교 3학년 때 《중앙일보》 신춘문예
최종심에 올랐었기에, 다음해 2006년 신춘문예는
약간의 기대도 있었지요. 그런데 막상 당선되었다는
전화를 받고 나니 멍하고 얼떨떨하더라고요. 왜인지
죄스럽기도 했고요. 게다가 써놓은 시도 많지 않아서
한 계절이 지난 뒤에는 계속해서 새로 써야 했어요.
그래서 발표한 시를 쭉 놓고 보면 정확히 당시의
감정들을 담고 있지요. 쟁여둔 시가 많았다면 좀더
계획적으로 발표했겠지만, 그럴 여력은 없었어요.
그렇게 묶어낸 첫번째 시집은 아무래도 저의 십대와
습작기를 모두 쏟아 넣은 거라 들쑥날쑥한 면이
있어요. 제가 생각하기에 미숙한 부분도 있고요.

시인, 목소리   이혜미 시인

두 시집을 다 읽어주신 분들은 첫번째 시집보다 두번째 시집이 시의 화자가 젊어진 것 같다고 하세요. 첫 시집은 뭔가 굉장히 할머니 같은 구석이 있었다면, 두번째 시집은 딱 제 나이에 어울리는 상황과 생각이 있다고 말이죠. 이야기를 듣고보니 첫 시집을 묶을 때는 아무래도 어깨에 힘이 들어가 있었던 것 같아요.

이혜미 시인
시인, 목소리

부모님도 시인이세요. 시인 가족이 주고받는
언어가 궁금합니다. 일상의 언어나 그것을 표현하는
방식이 특별한 게 있을까요? 가령 가족 단체
채팅창도 좀 다를 것 같아요.

일상에서 시가 될 만한 지점이나 생각은
바로바로 이야기하는 편이긴 해요. 어머니와 아버지,
제가 쓰는 시가 달라서 서로에게 더 어울리는 단어나
생각이 있으면 선물하기도 하죠. 그렇다고 해서
문어체로 대화하지는 않아요. (웃음)

○

　　첫 시집 『보라의 바깥』에서 '보라의 바깥'이란
감각하는 세계 너머의 인지할 수 없는 세계를
이야기한다고 하셨습니다. 시인은 눈으로 보이는
현상에만 반응하지 말기를 바란다고도 하셨어요.
제목 '보라'는 '눈으로 보다'의 '보라' 같기도 합니다.
오묘하게도, 시인의 시는 감각 너머의 세계를
이야기하지만, 인간의 오감으로 느낄 수 있도록
'감각적'으로 표현했습니다. 시인의 오감 가운데 가장
예민한 부분은 어디일까요.

이혜미 시인
시인, 목소리

212

딱히 하나를 고르기는 어렵습니다. 다만
시각이라는 강력한 감각에 경도되기를 멈출 때
열리는 새로운 세계가 있을 것이라는 생각에 '보라의
바깥'에 있는 세계를 생각해본 것이었어요. 두번째
시집에서는 촉각의 이미지를 많이 쓰긴 했어요.
「뜻밖의 바닐라」에서 '바닐라'는 맛, 그러니까 미각의
측면이지만, 막상 저는 시에서 "닿아 녹으며 섞이는"
바닐라의 촉각적 지점에 더 주목했거든요. 그렇지만
오감에 붙들려 그 테두리에서 세계와 만나야 하는
인간의 한계를 늘 경계하고 벗어나는 것이 가장
중요하다고 생각합니다.

시인의 시를 읽다보면 서로의 몸이 부딪히는
소리가 나는 듯합니다. 연인을 만나기 전, 만나는 동안,
헤어진 후의 감정이 고스란히 느껴집니다. 사랑의
열렬한 감정과 좌절의 고통이 함께 느껴져요.
시인의 연애나 사랑이 시에 녹아 있어서 그런 걸까요?
시를 쓸 때, 특정한 누군가를 생각하시나요?

이혜미 시인

시인, 목소리

아예 특정한 누군가를 생각하며 출발한
시도 있지만, 대개는 쓰면서 여러 사람과 사건들이
뒤섞입니다. 감정이나 감각을 중심으로, 겪은 일이나
상황이 재배치되곤 해요. 한 사람에 국한해서 썼다면
절대 알지 못했을 저의 무의식의 감정을 그런 분류와
재배치 속에서 다시 자각하는 경우도 많습니다.
그 사람은 이랬구나, 그때 마음은 이런 종류의
것이었구나, 라는 뒤늦은 깨달음이죠. 시를 쓰며
선물 받는 것 가운데 가장 좋은 것이 이런 관점과
시선이에요.

「밀가루의 맛」이라는 시에는 '눈처럼 녹아
사라질 줄 알았는데 / 끈질기게 혀에 붙어 끈적이는 /
더럽고 슬프고 무거운'이라는 문장이 눈에 들어옵니다.
시인에게 '지나간 사랑'은 어떤 의미일까요?

이혜미 시인

시인, 목소리

관계나 인연은 스쳐 지나 사라지는 것이 아니라 계속해서 영향을 미치며 제가 살아가는 생 안에서 엄연히 존재합니다. 제가 바뀌면 그 사람과의 과거도 다시 재배열되죠. 그래서 그 사람을 새로 만나게 되고, 연애의 맥락도 달라져요. 재미있는 일입니다. 「밀가루의 맛」에 나온 상황도 마찬가지예요. 비단 사랑과 연애뿐만 아니라 어떤 인연과 장면에서도 이런 지점은 늘 존재하지요.

「뜻밖의 바닐라」에 '녹아내리는 손과 무릎이 있었지'라는 대목처럼 시에 '녹는다'라는 단어가 많이 등장합니다. '녹아내리는 것은 감정의 완성'이라는 문장도 생각나고요. 어쩌면 녹는 것은 사라지지 않고 '남는 것'이라는 생각이 듭니다. 시인에게 '녹아내린다'는 어떤 의미일까요?

이혜미 시인

시인, 목소리

○

　　'녹는다'는 현상이 가진 덧없음, 변화함,
진행되고 있음, 고정되지 않은 유동성, 관능, 고체와
액체의 중간, 흔적과 얼룩을 남기기, 사라지기,
끈적이기, 묻어나기…… 같은 많은 지점들을 좋아해요.
'마음이 녹는다'처럼 감정의 맥락에서 소용되는 것도
좋아하고요. '녹는 것'은 할 말이 많은, 계속해서 하고
싶은 말이 많이 생겨나는 현상 같아요.

'아름다움이 我다움'이라고 말한 적이 있으세요.
시인이 생각하는 가장 '我다운' 시는 무엇일까요?

첫번째 시집에 실린 「결」이라는 시입니다.

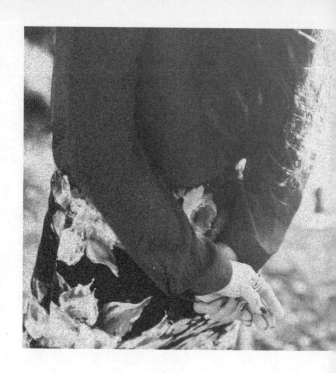

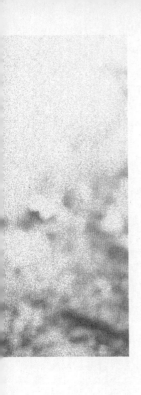

뜻밖의 바닐라

이혜미

귓바퀴를 타고 부드럽게 미끄러졌지. 미묘한 요철을
따라 흐르는, 그런 혀끝의 바닐라.

수없이 많은 씨앗들을 그러모으며 가장 보편적인
표정을 지니렴. 두근거리며 이국의 이름을 외웠지.
그건 달콤에 대한 첫번째 감각. 사라지는 것들에
대한 각별한 취향.

녹아내리는 손과 무릎이 있었지. 차갑고 뜨겁게
흐르는, 접촉이 서로를 빚어낼 때. 소리의 영토
안에서 나는 세로로 누운 꽃. 손끝에서 점차 태어나.
닿아 녹으며 섞이는, 품이라는 말.

그런 바닐라. 적당한 점도의 안구를 지니렴.
모르는 사람을 나는 가장 사랑하지. 잃어버리는 순간
온전해지는 눈꺼풀이 있었다. 순한 촉수를 흔들며
미끄러지다 흠뻑 쓰러지는.

에필로그

잘 지내시길,

이 세계의 모든 섬에서

고독에게 악수를 청한 잊혀갈 손이여

별의 창백한 빛이여

허수경 「섬이 되어 보내는 편지」 중에서

김소형 시인

박소란 시인

백은선 시인

유진목 시인

이은규 시인

이혜미 시인

김소형,
『ㅅㅜㅍ』,
문학과지성사,
2015

박소란,
『심장에 가까운 말』,
창비,
2015

백은선,
『가능세계』,
문학과지성사,
2016

유진목

연애의 책

유진목,
『연애의 책』,
삼인,
2016

문학동네시인선 018 **이은규** 시
집 **다정한 호칭**

이은규,
『다정한 호칭』,
문학동네,
2012

뜻밖의 바닐라
이혜미 시집

이혜미,
『뜻밖의 바닐라』,
문학과지성사,
2016

북노마드